www.tredition.de

AF186157

Hans Werner Karch

Der Frack des Hornisten
und andere Geschichten

www.tredition.de

© 2020 Hans Werner Karch

Verlag & Druck: tredition GmbH, Halenreie 40-44, 22359 Hamburg

ISBN
978-3-347-03753-3 (Paperback)
978-3-347-03754-0 (Hardcover)
978-3-347-03755-7 (E-Book)

Inhalt

Es tut einer viel, der wenig tut,

aber das tut, was er tun muss.

Es tut einer nichts, der viel tut,

aber nicht das, was er tun muss.

Don Bosco
(1815 - 1888)

Vorwort

Der Romancier Hans Werner Karch beweist mit diesem Bändchen voller Kurzgeschichten, dass er durchaus auch eine Sympathie für andere literarische Formate hat.

Die Kurzgeschichte ist so etwas wie die kleine Schwester des Romans, die aber ganz anders behandelt werden will, soll sie ihren Charme und ihre Schönheit zur Entfaltung bringen. Ob das dem Autor gelungen ist, entscheidet letztendlich der Leser. Feststellen wird er auf jeden Fall, dass so gut wie keine der vorliegenden 10 Geschichten den Arzt verleugnen kann, als der er in seinem langjährigen Berufsleben tätig war.

Das Helfen und Heilen scheint zu seiner DNA zu gehören. Hat er als praktizierender Arzt, als Internist, sich vornehmlich um die Erkrankungen des Körpers seiner Patienten gekümmert, widmet er sich nun in seinem Ruhestand als Autor vor allem den seelischen Wunden seiner Protagonisten. Er weiß natürlich um die engen Zusammenhänge zwischen Körper und Seele. Was der Seele angetan wird, lässt den Körper nicht unberührt. Manchmal ist es ein ungnädiges Schicksal, manchmal auch nur ein Missverständnis, worunter viele Seelen leiden, häufiger aber sind es die Bosheiten der Mitmenschen,

ihre Arroganz, ihre Gier, ihre Verächtlichma-
chungen.

Hans Werner Karchs therapeutische Maßnah-
men als Autor bestehen darin, mittels einer
Pointen starken „Lösung" die Verursacher dieser Kränkungen von ihrem hohen Ross zu sto-
ßen und den Gekränkten und vom Schicksal
Gebeutelten wieder auf die Beine zu helfen.

Die Geschichten, die er erzählt, sind Geschichten aus dem wahren Leben, mitunter auch aus
dem eigenen, also alle der Wirklichkeit abge-
schaut und abgelauscht, wenn auch zumeist sa-
tirisch zugespitzt mit einer Prise Phantasie und
viel Esprit.

April 2020   U.E.

Der Frack des Hornisten

Zur Freude über das bestandene Vorexamen, das bei den Medizinern als das Physikum bezeichnet wird, gesellt sich auch bei Johannes Baumeister der Wermutstropfen hinzu, den viele Studenten in dieser Zeit schlucken müssen: die Wohnungssuche. Wobei schon das Wort Wohnung eine an sich unhaltbare Übertreibung darstellt. Nach sechs Semestern muss er aufgrund der Statuten sein geliebtes Studentenwohnheim verlassen. Ein zusätzliches Wohnsemester kann man ihm nicht gewähren. So streng sind die Bräuche. Bei der jetzt anstehenden Wohnungssuche geht es, offen gesagt, um eine neue Schlafstätte. Große Ansprüche stellt er nicht. Eine irgendwie geartete, zumindest bewohnbare Behausung würde er akzeptieren. Auf der Suche danach präsentiert man ihm oftmals völlig geschmack- und stillos eingerichtete wilde Verschläge, die angereichert sind mit einem Mobiliar, das man ohne große Mühe haufenweise auf Sperrmüllhalden finden kann. Vor diesem Problem steht er wie viele seiner Kommilitonen auch. Hin und wieder treffen sie sich in der Mensa und tauschen sich über ihre Erfahrungen aus, die sie bei ihren Streifzügen durch die Stadt auf der Suche nach einer Wohnung machen. Es ist haarsträubend, was man da alles zu hören bekommt.

Viele sehen sich daher schon als mögliche Obdachlose oder Dauergäste in Jugendherbergen oder sonstigen Einrichtungen. Jeder dieser angehenden Mediziner sucht die Nähe zur Klinik. Das ist ein begehrtes Areal, aber der Markt an Studentenbuden im Umkreis von einem Kilometer ist wie leergefegt. Folglich muss man ziemlich schnell die Vorstellung aufgeben, in Kliniknähe wohnen zu können.

Erst durch einen Freund erfährt er von einer Wohngemeinschaft, kurz WG genannt, in der noch ein freier Platz zu vergeben sei. Sich eine Wohnung zu teilen mit fremden Typen unterschiedlichster Art ist zwar nicht das, was er sich eigentlich vorgestellt hat. Aber notgedrungen nimmt er die Chance wahr und hat das Glück, unter den zahlreichen Bewerbern ausgewählt zu werden. Schon bald muss er zugeben, dass seine Mitbewohner total in Ordnung sind und seine Vorbehalte völlig unbegründet waren. Aber trotzdem beschäftigt ihn immer wieder der Gedanke, sich irgendwann eine andere Bleibe zu suchen, eine Bleibe nur für ihn allein.

Um schneller die Klinik zu erreichen und weniger zeitaufwendig eine neue Zimmersuche zu starten, fasst er eines Tages den Entschluss:

„Ein Fahrrad muss her!" Nach intensiver Suche findet er dann in der Tageszeitung eine Anzeige, dass ein Fahrrad abzugeben sei. Die angegebene Adresse führt ihn am nächsten Tag in eine kleine Seitenstraße in der Neustadt. Voll froher Erwartung läutet er an der Tür des Hauses, wo das Fahrrad zu finden sei. Hinter der mit grauenhaften Schnitzereien verzierten, doppelflügeligen Abschlusstür hört er den schwerfällig schlurfenden Gang einer sich nähernden Person.

„Bin ich hier eigentlich richtig?", schießt es ihm durch den Kopf. Rasch wirft er noch einmal einen Blick auf das Türschild oberhalb der Klingel. Kein Zweifel. M. Wagner. Die Adresse stimmt. Aber wieso soll diese Person M. Wagner ein Fahrrad besitzen, wo sie sich nach seinen Mutmaßungen in einem schlechten Gesundheitszustand befindet, zudem in einem Altbau im dritten Stock wohnt, wo es offenbar nicht einmal einen Aufzug gibt? Für einen kurzen Moment kommt ihm der Gedanke, das ganze Vorhaben abzubrechen, noch bevor die Tür sich öffnet. Enttäuschungen hatte er bei der Zimmersuche in den letzten Monaten genug erlebt. Auf eine zusätzliche Frustration hat er nun wirklich keinen Bock mehr. Aber dann hält ihn doch die Neugier, was es wohl mit der Person

M. Wagner und dem Fahrrad auf sich haben könnte, davon ab, sich so schnell wie möglich wieder aus dem Staub zu machen.

Voller Ungeduld steht er auf der ziemlich abgetretenen Fußmatte, die schon fast eine Einheit mit seinen Sohlen bildet, und wartet auf das typische Geräusch, das man kennt, wenn ein Schlüssel im Schlüsselloch verschwindet. Doch vergeblich. Dafür wird ein Fenster am Standflügel der Tür geöffnet, und hinter den geschwungenen Eisenstäben, die Teile einer floralen Schmiedekunst sind, kann er das Gesicht einer älteren Frau erkennen. Ihr runder Kopf erscheint etwas aufgedunsen und die tiefrote Gesichtsfarbe geht schon fast in ein bedrohlich wirkendes Blau über. Durch das schlohweiße, halblange Haar verstärkt sich der Kontrast noch mehr.

Schwer atmend fragt die Frau: „Guten Morgen, junger Mann. Sie wünschen?" Johannes, zwar innerlich schon vorbereitet auf solch eine Frage, antwortet fast schon stotternd: „Guten Morgen, Frau Wagner. Mein Name ist Johannes Baumeister. Ich bin Student und komme wegen des Fahrrades, das Sie inseriert hatten."
„Ach, wie schön. Kommen Sie doch herein,

dann können wir das gerne genauer besprechen. Auf dem Flur will ich so etwas nicht abhandeln."

Jetzt wird die schwere Eichentür von innen mehrfach entriegelt, und das metallische Geräusch des Schlüssels im Türschloss ist für ihn die Einladung, die Wohnung zu betreten. Im Flur steht ihm jetzt eine, wie er schätzt, vielleicht siebzig Jahre alte Frau gegenüber. Sie ist leicht nach vorn übergebeugt und stützt sich auf einen Stock. Über einem dünnen hellblauen Pullover trägt sie einen langen Kittel, der durch sein seltsames Farbmuster eher einen traurigen als lockeren Eindruck macht. Es ist diese Art Kleidung, die Johannes Baumeister in vielen Häusern sah, in denen er sich nach einer Studentenbude erkundigt hatte. Diese Frauen, denen er an der gleichen Art Kleidung ansieht, dass sie über keinen großen Geldbeutel verfügen, waren ihm gegenüber aber durchweg nett, manche sogar mütterlich. Frau Wagner kann er sofort in diese Kategorie einordnen. Unter dem langen Kittel vermag er nur das untere Drittel der Unterschenkel zu erkennen. Die Beine sind massiv angeschwollen und bläulich verfärbt. Vereinzelt zeigen sich kleinere offene Wunden. Aber Johannes will nicht so intensiv und auffällig hinsehen.

„Wenn sie merkt, dass ich Medizinstudent bin, ist der Tag hier gelaufen", sagt er sich. In den Anfangssemestern seines Studiums war es ihm noch ganz angenehm, wenn sich auf Studentenfeten hauptsächlich die Frauenwelt gerne mit Medizinstudenten unterhielt. So war ihm allein schon aufgrund dieser Tatsache ein Teil der Aufmerksamkeit sicher. Was sollte man denn schon mit einem Diplom-Mathematiker oder einem Jura-Studenten Aufregendes bereden? Da waren die Mediziner schon interessanter, zumal ja fast jeder irgendein Zipperlein hat, das er gerne vortrug, mit dem man aber seinen Hausarzt nicht belästigen wollte. Von Semester zu Semester empfand er dieses Interesse all jener eingebildeten Kranken, wie er öfter bemerkte, zunehmend als Belästigung. Und so kam es, dass er sich fortan so selten wie möglich, als Mediziner zu erkennen gibt.

Hier aber sieht er sich einer wirklich kranken Frau gegenüber, der er auf keinen Fall seine medizinische Beinahe-Kompetenz vorenthalten will. Fast schon ungeduldig wartet er auf die obligatorische Frage, was er eigentlich studiere.

Aber die Frage kommt nicht.

„Vielleicht kommt sie ja später" sagt sich Johannes Baumeister.

Mittlerweile hat man im Wohnzimmer Platz genommen. Frau Wagner besteht darauf, dass er unbedingt einen Kaffee mit ihr trinken müsse, denn sie habe noch eine große Überraschung für ihn. Jetzt erst bemerkt Johannes, dass die vorhin noch Halbtote ihn nun mit großen und interessierten Augen ansieht und auffällig lange von Kopf bis Fuß mustert. Die zuvor bestandene Lethargie und Kraftlosigkeit sind abgelöst durch eine Aktivität und Vitalität, die er nicht für möglich gehalten hätte.

Das Wohnzimmer ist nahezu überfüllt von Trödel unterschiedlicher Stilrichtungen, und dieser Krempel findet durch eine unbeschreibliche Unordnung noch seine Vollendung. Johannes traut sich nicht, seinen Blick schweifen zu lassen. Die Situation ist ihm schlichtweg peinlich, obwohl er ja überhaupt nichts dazu beigetragen hat.

Auf einem kleinen Sekretär, der überfüllt ist mit Nippes aller Art, steht die gerahmte Schwarz-Weiß-Fotografie eines Mannes um die Sechzig, vielleicht auch etwas älter, wie Johannes schätzt. An einer Ecke des Bildes hat sie einen samtenen schwarzen Trauerflor diagonal angebracht.

„Das ist wohl Ihr Mann, Frau Wagner", bemerkt Johannes vorsichtig.

„Ja, das ist Herbert. Da war er gerade sechzig Jahre alt. Und nun ist er schon mehr als zehn Jahre tot. Er war ein ausgezeichneter Hornist in einem Symphonieorchester. Leider ist er bereits mit 73 Jahren verstorben. Die Lunge! Seither bin ich so gut wie immer allein. Wir haben eine Tochter, Alina. Sie lebt in Frankfurt und ist Flugbegleiterin bei der Lufthansa. Sie fliegt in der ganzen Weltgeschichte herum und ist nur selten zu Hause, und noch seltener bei mir. Sie hat noch nicht einmal Zeit für einen Partner. So sagt sie jedenfalls. Und Sie, woher kommen Sie, wenn ich so direkt fragen darf?"

Johannes hatte eigentlich auf die Frage nach seinem Studium gewartet und insgeheim gehofft, er könne ihr gute Ratschläge erteilen. Aber so weit ging ihre Neugier jetzt auch wieder nicht. Auch wollte er nicht so forsch auftreten und sich als zukünftigen Arzt präsentieren, den alle Welt bewundern und achten sollte. Also bleibt er weiterhin mit seinem Berufsziel in der Deckung.

Maria Wagners Kaffee ist eine einzige Katastrophe. Dünn und seltsamerweise mit einer erheblichen Menge an Kaffeesatz vermischt. Seinen empfindlichen Geschmacksknospen aber will Johannes die Schockwirkung dieses Gebräus unbedingt ersparen. Um nicht die Spur von Unhöflichkeit aufkommen zu lassen, wartet er eine gewisse Zeit ab, damit er den ziemlich abgekühlten Trank in einer Sturzflut in seinen oberen Verdauungstrakt hineinschütten kann. Leider ist das Getränk in der dickwandigen Tasse nicht so schnell heruntergekühlt, wie er es sich vorgestellt hat. Und so kommt es, dass seine Mundhöhle und der ganze Schlund regelrecht verbrannt werden. Aber er will sich nichts anmerken lassen.

Mit einem gelegentlichen Räuspern kann er die Schmerzen auf ein erträgliches Maß verringern. Eine zweite Tasse Kaffee lehnt er jedenfalls dankend ab, mit der Begründung, dass er einen empfindlichen Magen habe.

Mittlerweile ist schon eine halbe Stunde vergangen, und Maria Wagner hat immer noch nicht nach seinem Studium gefragt. Stattdessen legt sie eine Langspielplatte mit einem Symphoniekonzert auf, das Johannes noch nie gehört hat. Nach etwa zehn Minuten, sie hatte sich im Sessel zurückgelehnt und die Augen verschlossen, sagt sie mit weicher Stimme: „Hier jetzt im zweiten Satz, da hat mein Herbert dieses Solo für Horn gespielt. Hören Sie mal genau hin." Johannes, der in diesen Jahren eigentlich lieber Rock hört, gibt sich Mühe, einen aufmerksamen Mimen zu bieten. Maria merkt sofort seine miserable Schauspielkunst, und bereits nach wenigen Takten wird das Orchester zum Schweigen verdammt. Selbst beim Wegpacken der Schallplatte lässt sie sich nicht ihre Enttäuschung anmerken. Sie spürt, dass Johannes ihr eine Freude bereiten wollte, indem er Interesse vorspielte. Er tut ihr leid. Dann betrachtet sie ihn wieder von Kopf bis Fuß, ganz wie zu Beginn ihrer Begegnung, und wiegt den Kopf langsam hin und her. Johannes empfindet die Situation jetzt doch etwas befremdlich, und so startet er ein neues Thema. Eigentlich der wahre Grund seines Besuchs. Das Fahrrad.

„Also, Frau Wagner, eigentlich bin ich ja wegen des Fahrrads gekommen, das Sie inseriert haben. Kann ich das mal sehen?"

„ Ja das ist so eine Sache. Heute Morgen kam ein junger Mann, ich glaube, er war auch Student, und hat das Rad für dreißig Mark mitgenommen. Nun ist es weg. Es stand fast ein ganzes Jahr lang unten im Flur. In der letzten Zeit hatte der Vermieter Druck gemacht. Das Rad gehörte meiner Tochter, aber die wollte es nicht mehr. Sie fliegt viel lieber, wie Sie ja wissen."

Johannes Baumeister schweigt. Was soll er auch sagen außer: „Weg ist weg." Maria Wagner steht auf, aber nicht in einer Haltung, wie man einen Gast verabschiedet, sondern bereits zielgerichtet, und mit festen Schritten verschwindet sie in einem Nebenzimmer. Kurze Zeit später erscheint sie mit einem breiten Lächeln wieder im Wohnzimmer. Auf dem Arm trägt sie einen schwarzen Anzug, den sie mit einem weißen Tuch sauber abgedeckt hat.

„Ach bitte, Herr Baumeister, tun Sie mir einen Gefallen. Würden Sie bitte kurz einmal diesen Frack meines Herberts anziehen. Ich bin sicher, er wird Ihnen ganz genau passen. Sie haben genau die gleiche Figur, wie er sie hatte. Bitte!" Johannes war in seinem Leben noch nie in einen Frack gestiegen. Wann und wo auch? Er kannte auch niemanden, der schon in seinem Alter von gerade mal 24 Jahren in einem Frack herumgelaufen wäre.

Jetzt tut sie! ihm leid. Er sieht in ihrem verklärten Blick, wie sie ihn in Herberts Frack bewundert. Es ist für sie offenbar eine Art Epiphanie, die er da völlig ahnungslos und ungewollt in

Gang gesetzt hat. Die etwas bizarre Szene zieht sich eine Weile hin, aber für Johannes scheint sie eine Ewigkeit zu dauern, während Maria Wagner genau das Gegenteil empfindet. Sie kann einen kleinen Tränenfluss nicht zurückhalten, und nach einem kräftigen Schneuzen sagt sie: „Den müssen Sie anbehalten. Der passt Ihnen wie angemessen. Und außerdem, wem soll ich ihn denn auch geben? Sie sind der richtige Mann für diesen Frack. Sie tragen ihn mit der gleichen Würde wie mein Herbert. Und auch als Ausgleich dafür, dass ich Ihnen das Fahrrad nicht geben kann, will ich Ihnen das gute Stück schenken. Und bitte, nehmen Sie das Angebot an. Sie machen mir damit eine große Freude." Dann streift sie ganz zart über die Revers des Fracks und seufzt tief. Johannes ist tief berührt und, ohne lange zu überlegen, nickt er nur kurz und sagt: „Natürlich nehme ich gerne das gute Stück und werde es auch bestimmt in Ehren halten."

Ihm ist bewusst, dass allein schon die Tatsache, dass sie weiß, wer ihn trägt, ihr gut tut. Sicherlich hatte sie die Befürchtung, der Frack würde nach ihrem Tod im Lumpenmüll oder bestenfalls in einem Altkleider-Container landen, würde in einer Anonymität für immer verschwinden, und somit auch ein Teil ihres Herberts. Johannes sieht sich als Erbe und Konservator. Dem kann und will er sich jetzt nicht mehr entziehen.

Im Flur läutet die Klingel dreimal kurz hintereinander. Offenbar eine konkrete Abmachung, die einen bestimmten Besuch ankündigt. Maria Wagner entschuldigt sich kurz bei Johannes Baumeister und schlurft den Flur entlang zur Tür. Dann öffnet sie unglaublich flink die große Tür, ohne vorher nachzusehen, wer da kommt. Sie weiß es offenbar. In den Flur tritt ein Mann, Mitte Vierzig, gut gekleidet mit hellem Sakko, ohne Krawatte, da er das Hemd offen trägt, Vollbart und Hornbrille.

„Guten Tag, Herr Doktor, kommen Sie bitte herein. Ich habe zwar Besuch, aber entweder wird der junge Mann noch etwas warten, oder ich werde ihn verabschieden. Eigentlich haben wir ja alles geklärt."

Johannes ahnt, dass er in eine nicht endende Geschichte eintauchen wird, wenn er nicht schnell den Absprung findet. Er legt den Frack, einschließlich Weste und Hose, über den Arm und geht in den Flur.

„Liebe Frau Wagner, ich muss nun gehen. Und haben Sie vielen Dank für alles.

Ich melde mich in Kürze nochmals bei Ihnen."

Er will jetzt keine unnötige Zeit verstreichen lassen. Auf dem Weg zur Tür fragt ihn der Hausarzt: „Sind Sie Schneider, junger Mann?" „Nein, ich bin Student", antwortet Johannes prompt.

„Und was studieren Sie, wenn ich fragen darf?"

„Human-Medizin", kommt es knapp und schon fast ein bisschen unsicher über Johannes Lippen. Dann verschwindet er im Treppenhaus. Und zu Fuß, wie er gekommen war, kehrt er wieder in die WG zurück.

Fünf Tage nach diesem Besuch - Johannes ist immer noch beeindruckt von dem ganzen Geschehen - sieht er Frau Wagner wieder. Sie liegt auf dem Sektionstisch der Gerichtsmedizin. Die Straßenbahn hatte sie überfahren, als sie auf dem Weg zum Einkauf war und die Straße überqueren wollte. Sie war sofort tot. Johannes verlässt rasch wieder den Sektionssaal, bevor noch die Obduktion beginnt.

Vierzehn Jahre später hängt bereits Anfang Dezember an der Tür der Matthäuskirche ein Plakat mit folgender Ankündigung:

„Am 2. Weihnachtstag, abends um 18 Uhr, werden vom Turm von Sankt Matthäus WEIH-NACHTSLIEDER erschallen. Es spielt das Blechbläser-Quintett <<LAUDATE>>."

Unter den darunter namentlich aufgeführten Mitgliedern des fünfköpfigen Ensembles findet sich auch ein Dr. Johannes Baumeister (HORN).

Veronikas Traum

Von dem Tag an, als der Sägewerksbesitzer und Brettschneider August Stockhaus schon mit Mitte fünfzig seine damals 48-jährige Frau bei einem schweren Unfall in der Schweiz verlor, änderte sich Vieles. War sein bisheriges Leben stark auf seine Frau ausgerichtet, die er auch nach 25 Jahren Ehe immer noch unermesslich liebte, wie er ihr damals am Morgen der Silberhochzeit ins Ohr flüsterte, kümmerte er sich von nun an noch intensiver um seine Arbeit und seinen einzigen Sohn Alexander. Ihm schenkte er jetzt seine ganze Liebe. Großzügig erfüllte er ihm jeden Wunsch, soweit es in seiner Macht stand. Und des Brettschneiders Macht war nicht unbedeutend.

Das Sägewerk und die Brettschneiderei hatte August Stockhaus schon von seinem Vater geerbt. Er war der einzige Erbe. Durch Zukauf und windige Geschäfte mit klammen Waldbesitzern, deren Notsituation er schamlos ausnutzte, vergrößerte er seinen Waldbesitz innerhalb der letzten zehn Jahre auf insgesamt zweitausend Hektar. Dieser Besitz sicherte dem Brettschneider nicht nur seinen Wohlstand, sondern erlaubte ihm auch weiterhin seinem Hobby, der Jagd, nachzugehen. All dies verlieh ihm das Gefühl von Macht. Was ihm aber schmerzlich fehlte, war ein Titel. Dafür hätte er, ohne zu zögern, schon gerne größere Summen für Stiftungen für das Gemeinwohl bereitgestellt. Ein Kommerzienrat wäre ihm da schon recht gewesen. Leider kam er mit diesem Gedanken etwa 100 Jahre zu spät.

Insgeheim hoffte der alte Stockhaus, dass sein Sohn quasi in seine Fußstapfen treten werde. Alexander, glücklich darüber, dass er sich in solch einer ökonomisch komfortablen Situation befand, hatte aber den großen Wunsch, ein Studium zu beginnen. Wenn es mit der Hochschulkarriere nichts werden sollte, könne er ja immer noch zurück in die Brettschneiderei. Das war seine Argumentation.

Walter Kurz, der Geschäftsführer, war nicht nur ein guter Geschäftsmann, sondern auch der Kopf in der Brettschneiderei. Ohne ihn lief nichts. Unter diesen guten Voraussetzungen konnte Alexander beruhigt sein Studium der Naturwissenschaften beginnen. Er wollte unbedingt Lehrer werden, obwohl er ziemlich in sich gekehrt war. Das Studium bereitete ihm keine Probleme. Am lockeren und manchmal ausschweifenden Studentenleben beteiligte er sich fast nie. Auch suchte er keine Bindung zu einer Studentin. Und wenn er hin und wieder zu Hause und in der Brettschneiderei auftauchte, hatte schon keiner mehr den Mut, nach einer Bekannten oder Freundin zu fragen.

Stockhausens Waldungen grenzten unmittelbar an die des Gustav Freiherr von Obernau. Die von Obernaus gehörten zu einem wenig bedeutenden Landadel, der mittlerweile ziemlich verarmt war. Der alte Freiherr ging in seinem ganzen bisherigen Leben keiner Arbeit nach und lebte von der Substanz seiner Vorfahren. Das Ackerland hatte er verpachtet, und aus dem Wald, der mittlerweile auf zweihundert Hektar geschrumpft war, zog er immer wieder reichlich und auch reichlich gedankenlos das Holz heraus, ohne neu aufzuforsten.

Über viele Jahre hatte Stockhaus mit dem von Obernau einige Holzgeschäfte getätigt. Dabei kamen sich die beiden näher, und es entwickelte sich eine gute Nachbarschaft, auch wenn die Gegensätze ziemlich groß waren. Stockhaus hatte Geld, aber wenig Ansehen im Ort. Des Freiherrn Reichtum bestand in seiner fünfköpfigen Kinderschar, die er mit Müh und Not über die Runden brachte. Aber auch sein Ansehen war nicht viel besser als das von Stockhaus, denn die kleinadlige Nichtstuerei verzieh man ihm schon gar nicht. Hinzu kam sein schwer zu ertragender Dünkel.

Seine zweitälteste Tochter, Veronika Freifrau

von Obernau, war eine junge Frau Mitte zwanzig, aber wegen zahlreicher Windpockennarben im Gesicht nicht gerade von überragender Attraktivität. Sie gab sich auch keine große Mühe, ihr Aussehen zu verbessern. Die mittelblonden Haare, die an sich schon ziemlich langweilig wirkten, flocht sie meist zu einem Zopf oder band sie mit einem einfachen Gummiring zu einem Pferdeschwanz zusammen. Selbst wenn die Schönheit immer im Auge des Betrachters liegt, war diese Erscheinung eher dazu angetan, jedes Begehren im Keim zu ersticken.

Nach der Schulzeit arbeitete sie in einem Labor, wo sie sich ausschließlich damit beschäftigte, Lebensmittelproben zu untersuchen. Hatte man aber hier einmal ein für sie interessantes Thema aufgegriffen, wurde sie hellwach, und aus der vorher langweilig wirkenden Person, die meistens mit dem typischen „Ich-habe-nichts-zu-sagen-gesicht" herumlief, wurde schnell eine wahre Enthusiastin. Sie sprudelte über vor Elan und löste manchmal sogar den Zopf, fuhr sich wie wild durch die Haare, und von Minute zu Minute erschien sie attraktiver und hübscher.

In solch einer Phase der Euphorie lernte sie Al

xander auf einem Seminar kennen und verliebte sich sofort in ihn, der seinerseits, beeindruckt von ihrem temperamentvollen Auftreten auf dieser Veranstaltung, Gefallen an ihr fand. Überraschend schnell war er bereit, seine gewohnte Zurückhaltung aufzugeben. Und so erlebten beide, die bislang nur wenige ziemlich oberflächliche Liebesbeziehungen kannten, an diesem Tag und in der sich anschließenden Nacht zum ersten Mal in ihrem Leben eine erregende Mischung aus Liebe und Leidenschaft. In den kommenden Monaten verliefen ihre Begegnungen nach außen hin sehr zurückhaltend, während in den geheimen Treffen die Leidenschaft dominierte. Irgendwann im Februar, man wollte den Weihnachtsfrieden nicht stören, fassten die beiden den Entschluss, die Eltern über die Absicht einer Heirat zu informieren.

Dem alten Stockhaus hätten sie keine größere Freude bereiten können. Veronika gefiel ihm schon auf Anhieb, und an den alten Freiherrn mit seinem Dünkel und seiner Kauzigkeit würde er sich auch noch gewöhnen.

Aber unerwartet schnell wurde aus einer zunächst kleinen Unstimmigkeit ein richtiges Problem:

Seit mehr als einhundert Jahren war in der

Pfarrkirche St. Peter die vierte Bank auf der rechten Seite komplett für die Freiherrn von Obernau und deren Gefolgsleute reserviert. Dieses Privileg hätten sie bei möglicher Missachtung durch das gemeine Volk mit aller Macht verteidigt. Hier waren die von Obernaus kompromisslos.

Von den Stockhausens hatten sie diesbezüglich nichts zu befürchten. Die hatte man seit Jahrzehnten nicht mehr in der Kirche gesehen. Man wusste noch nicht einmal, ob der junge Alexander überhaupt getauft war.

Hier also lag das Problem einer möglichen Eheschließung. Für die von Obernaus kam nur eine katholische Ehe in Betracht. Als man aber erfuhr, dass Alexander sich zum Atheismus bekannte, erreichte der Konflikt seinen Höhepunkt.

Einen Atheisten, auch wenn dieser mittlerweile ein angesehener Gymnasiallehrer war, als Schwiegersohn zu haben, das konnte der alte Freiherr nicht tolerieren. Er hatte schon von einer paradiesischen Zukunft geträumt, wenn Veronika als Erbin von Stockhausens Besitz ihn großzügig unterstützen würde. Dann hätte er wieder mehr Luft zum Atmen. Das Fehlen oder einen Mangel an Besitz fand er weit weniger schlimm als seinen Verlust. Und gerade dieser

Verlust kam den von Obernaus bedrohlich nahe. Dennoch, einen Atheisten als Schwiegersohn, das war weit weg von seiner religiösen Überzeugung und seinen Prinzipien. Es galt, die Probleme zu lösen, ohne dabei neue zu schaffen.

Da kam dem Freiherrn eine geniale Idee. Er wusste, dass der alte Stockhaus sich gerne zum Geldadel zählte, aber ein richtiger Adelstitel, und sei er auch noch so unbedeutend, wäre ihm schon recht. Den könnte ja der Sohn durch die Heirat erhalten. Im Gegenzug müsste der sich freimütig zum katholischen Glauben bekehren. Der Vorschlag gefiel dem alten Stockhaus sehr. Und so kam es, dass er seinen Sohn das erste Mal überhaupt um etwas bat, wohingegen er ihm bisher fast jeden Wunsch erfüllt hatte. Nach etwa einer Woche der Überlegung, so viel Zeit hatte Alexander sich nehmen wollen, stimmte er dem Plan zu.

Daraufhin beschäftigte er sich in seiner Freizeit ausgiebig mit dem Christentum und speziell mit der katholischen Kirche. Seine Studien wurden von Monat zu Monat immer intensiver.

Ende des Jahres erkrankte der alte Stockhaus schwer und verstarb innerhalb weniger Tage. Eigentlich fühlte sich Alexander jetzt nicht mehr an sein Versprechen gebunden.

Mittlerweile hatte er sich so sehr mit dem Katholizismus beschäftigt, dass er freiwillig und wirklich überzeugt den Glauben annahm. In der darauffolgenden Osternacht wurde er getauft. Einer Hochzeit stand nun nichts mehr im Wege.

Immer öfter und immer dringlicher, ja, man muss sagen, aufdringlicher kam der alte Freiherr jetzt auf Geld und Erbschaft zu sprechen. Wie von einem Virus infiziert, träumte auch jetzt seine Tochter Veronika öfter davon. Die Ähnlichkeit mit dem Gedankengut ihres Vaters bot dem jungen Stockhaus von Mal zu Mal mehr Anlass zum Erschrecken als zur Freude.

Dazu verfiel sie immer mehr in einen „Von-oben-herab-wortschatz", den Alexander bei ihr vorher nicht gekannt hatte. Und sah er hin und wieder in den Spiegel, dann begegnete ihm ein „Mein-gott-ist-mir-übel-gesicht".

Die Person des Franz von Assisi zog Alexander immer mehr in seinen Bann.

Am darauffolgenden Pfingstfest trat Alexander in den Orden der Franziskaner als Bruder Alois ein.

Sein gesamtes Vermögen überschrieb er dem Orden.

Bühnenzauber

In den Jahren zwischen 1955 und 1965 wurde die Landbevölkerung hin und wieder von fahrenden Theaterbühnen aufgesucht. Die Menschen auf dem Land hatten diese Abwechslung gerne angenommen. Das Fernsehen bescherte den Volksbühnen, wie dem Ohnsorg-Theater in Hamburg oder dem Millowitsch-Theater in Köln bereits eine große Zuschauerzahl.

Diese Erfolgswelle beflügelte etliche Schauspieler sehr unterschiedlicher Qualität, sich in das Abenteuer einer freien und eigenen Bühne zu stürzen.

Man muss aber sagen, dass nicht selten die Akteure wirklich über mehr Mut als Können verfügten. Kein Wunder also, wenn so manches Theaterstück auf der Bühne ungewollt einen anderen Verlauf nahm als ursprünglich geplant.

Die Theatergruppe, die an diesem Abend im Saal der einzigen Dorfkneipe gastierte, hatte schon Tage zuvor mächtig die Werbetrommel gerührt.

Mit ihrem VW- Bus, den man ehrlicherweise als Beinahe-Schrott bezeichnen sollte, fuhr sie durch die umliegenden Ortschaften und beschallte die Straßen mit der Ankündigung des bevorstehenden Theaterabends. Der krächzende Lautsprecher verkündete in knappen Sätzen das besondere Ereignis, auf das doch alle schon so lange gewartet hätten. Dass sie auf so etwas gewartet hätten, war hingegen keinem so wirklich bewusst. Nun, nach dieser Ankündigung wussten jetzt fast alle, welch kulturelles Bedürfnis in ihnen geweckt werden sollte.

Eingerahmt wurden diese Ankündigungen von einer besonderen Art der Musik, die, selbst noch in Ostfriesland, eine alpenländliche Atmosphäre vermitteln sollte.

Eigentlich konnte die Ankündigung keinem entgangen sein, was sich aber nicht in der sehr begrenzten Besucherzahl an diesem Tag widerspiegelte. Im Grunde teilten sich die Zuschauer in zwei Lager auf. Die einen suchten eine Abwechslung in einem echten Theater mit leibhaftigen Akteuren. Die anderen kamen mehr aus Mitleid, denn keinem konnte entgangen sein, dass diese Truppe vom Wohlstand unendlich weit entfernt war.

Demnach wollte man den Theaterleuten durch den Besuch finanziell etwas unter die Arme greifen. Diese Zuschauer zählten nicht zu den richtigen Theaterliebhabern.

Der VW- Bus diente sowohl als Transporter für einen Teil des Ensembles als auch für deren Garderobe und Requisiten. Dazu gestapelt waren noch einige Bühnenbilder als auswechselbare Kulissen.

Der Rest der sechsköpfigen Theatergruppe fuhr in einem etwas mageren PKW, der zwar nach dem Aussehen zu urteilen zunächst etwas mehr daher machte als der morsche VW-Bus, wohingegen der PKW offensichtlich seine Mühe hatte, den Wohnwagen, der der Truppe als Hotelersatz diente, zu ziehen. Auch dieses Gefährt war stark mitgenommen und schien schon in einem kritischen Zustand zu sein. Das Gesamtbild, das diese Schauspielerfamilie abgab, war für jedermann erkennbar ziemlich traurig.

Es war in der Tat eine ganze Familie: Vater, Mutter, drei Kinder und ein Bruder des Vaters, der vollauf damit beschäftigt war, die spärlichen Requisiten zu verwalten und die Abendkasse zu machen. Er war der Hauptakteur für den Auf- und Abbau der Bühne und was sonst noch so anfiel. Schauspielen konnte **der** Mann offenbar nicht. Zumindest sah man ihn nicht auf der Bühne.

Bei dem Stück, das an diesem Abend gegeben wurde, handelte es sich um irgend so eine oberbayerische Holzfäller- und Jägertragödie, die sich aber von Minute zu Minute immer mehr vom Drama zum Lustspiel entwickelte. So sahen es zumindest die meisten Zuschauer, ganz zum Erstaunen aber der Schauspieler, die durch ihr mit übertriebenem Eifer und mit zuviel Pathos vorgetragenes Spiel das Stück völlig unbeabsichtigt immer mehr in eine Parodie verwandelten.

Offenbar war das Publikum weitgehend unwissend darüber, welche Gattung der Theaterkunst ihm da geboten wurde. Auf den Plakaten hatte man nur ein Volksstück in 3 Akten angekündigt. Eher gewollt als unabsichtlich hatte man auf den Zusatz Drama oder gar Tragödie verzichtet.

Schon gleich nach Beginn war die Stimmung unter den etwa sechzig Zuschauern recht aufgelockert und lustig, denn die bayerische Kostümierung der Akteure und deren hilflose Versuche, ihren Dialekt durch besser verständliches Hochdeutsch zu ersetzen, waren schon Grund genug für die Begeisterung. Als dann noch die älteste Tochter mit großer Frontzahnlücke und einem unüberhörbaren Sprachfehler die Bühne betrat, hatte **sie** die Sympathie ganz auf ihrer Seite. Sie hatte neben einem hübschen Gesicht einen dunklen Lockenkopf und dunkelbraune Augen. Mit ihrem auffällig verführerischen und verzaubernden Blick konnte sie die Männer wie von Sinnen in ihren Bann ziehen.

Stellenweise ging es in dem Stück drunter und drüber, nicht zuletzt aufgrund der Textschwäche nahezu aller Akteure, wobei diese in den kritischsten Situationen sich als Souffleure für die noch Textschwächeren betätigen mussten. Manchmal musste auch improvisiert werden, da offenbar keinem mehr die eigentliche Textstelle geläufig war. Das führte dazu, dass das Stück am Ende von niemandem mehr wirklich zu verstehen war.

Unübertroffen an Komik war das zweimalige natürlich unbeabsichtigte Vertauschen an Gerätschaften durch den „Requisiteur", als den ihn der Chef-Dramaturg am Ende der Veranstaltung vorstellen wollte. Aber das war nicht mehr möglich, da sich dieser Herr nur mit großer Mühe auf den Beinen halten konnte.

Die zweite Flasche Wein war einfach zu viel für ihn.

Das Ende fand unter tosendem Applaus mit drei Vorhängen für die Akteure doch noch eine wohltuende Wende.

In der Nachbetrachtung konnte man ganz unterschiedliche Interpretationen wahrnehmen. Die Schauspieler waren bitter enttäuscht über sich, ihre schlechte und unprofessionelle Darbietung, behaftet mit vielen Fehlern und Unzulänglichkeiten.

Sie schämten sich und waren verärgert, da sie sich sicher waren, dass man sie ausgelacht habe. Das Publikum hätte dieses an sich ernste Stück einfach nicht verstanden.

Viele der Zuschauer glaubten in der Tat, es sei eine Art Parodie auf ein etwas hanebüchenes Drama, das sowieso keiner richtig begriff, da manche der Textpassagen, die in Eigenregie abgeändert wurden, absolut nicht mehr zu verstehen waren. Aber insgesamt war die Stimmung gut, und man hatte einen lustigen Abend. Das war es, was die Leute wollten.

Mitten im Publikum saß Frau Edda Laubscher. Sie war seit Jahren damit beschäftigt, sogenannte Naturtalente auf solchen Laienbühnen zu sichten und diese dann eventuell zu Proben an das Staatstheater einzuladen.

Nach der Veranstaltung lud sie das gesamte Ensemble zu einem Glas Wein ein und stellte sich als Agentin des Staatstheaters vor. Ihre Aufgabe bestehe darin, auszukundschaften, wer den Sprung auf eine größere Bühne schaffen könnte. (Heutzutage wird so jemand auf Neudeutsch als „Scout" bezeichnet).

Sie wäre nach dieser Aufführung zu dem nicht unriskanten Entschluss gekommen, mit dem ganzen Ensemble ein Experiment zu wagen. Die Theatertruppe solle wie eben ein Drama in dieser Art aufführen und es dadurch als eine Parodie oder Persiflage entstauben. Auf diese Weise werde das Theater belebt. Man müsste nur noch die entsprechenden Drehbücher schreiben.

Monate später kam es in der Tat zur ersten Aufführung im Kleinen Haus des Staatstheaters.

In der Vorankündigung hatte man schon darauf hingewiesen, dass es sich um eine Parodie handeln würde.

Der Erfolg war unerwartet riesig. Das Publikum hielt sich den Bauch vor Lachen.

Edda Laubscher bemerkte nur:

„Der Reiz liegt in der Unvollkommenheit."

Der Streit am Totenbett

Der Winter 1962 auf 1963 hat schon ungewöhnlich früh, bereits Anfang November, begonnen und zeigt sich in den darauf folgenden Wochen von seiner stärksten Seite. Die hält er dann unverändert bis Ende Januar im neuen Jahr. Die Bäche suchen sich einen Weg unterhalb einer Eisschicht. Die Natur verharrt in einer Stille und Regungslosigkeit, die dem Tod gleichkommt. In dieser Zeit verenden qualvoll viele Wildtiere in der Natur. Es sind die Schwachen, die diesem Winter nicht gewachsen sind.

Ende Januar spürt man schon, dass die Tage etwas länger werden und von Woche zu Woche schwindet das Interesse der Schlittenfahrer am Winter. Er ist nur noch lästig, kalt, langweilig und manchmal auch schmuddelig, je mehr das Jahr in den Februar hineingeht.

Es ist die Zeit, in der öfter als sonst die Totenglocke läutet.

"Den hat der Winter auch mitgenommen", hört man die Alten sagen.

Zum einen hält man in diesen Jahren von Ärzten, Medizin oder gar Krankenhäusern nicht viel, und zum anderen ruft man in vielen Fällen erst nach dem Doktor, wenn sowieso schon alles zu spät ist. Nicht selten beschimpft man den Arzt danach noch als Quacksalber, der ja nichts wisse und noch weniger könne.

Nur so viel ist bekannt, dass es bei vielen Sterbenden am Ende ihres Lebens eine große Unsicherheit gibt, wem sie sich bei ihrem Abgang anvertrauen sollen: Dem Priester oder dem Arzt. Da das Sterben an sich schon keine leichte Sache ist, macht den meisten Dahinscheidenden diese Entscheidung ein ziemliches Kopfzerbrechen, soweit der Kopf noch in Ordnung ist. Zudem hat ja auch keiner von ihnen Erfahrung mit dem Sterben. Für alle ist es das erste und auch das letzte Mal. Am Ende haben sie es dann doch irgendwie geschafft.

Jeder der beiden Sekundanten des Todes, von denen hier zu berichten ist behauptet von sich, dass er dem Sterbenden die optimale Hilfe geben wolle und auch könne. Der Arzt schwört auf seine Medikamente, die aber bei genauer Betrachtung erst dann wirksam werden können, wenn der Patient noch mindestens drei Stunden am Leben bleibt. Das ist aber fast nie der Fall. Der Tod kommt meist früher. Das ist dann mehr als peinlich.

Der Priester beginnt seine Krankensalbung mit endlos langen Fürbitten und Schuldbekenntnissen die so viel Zeit in Anspruch nehmen, dass der Sterbende die eigentliche Erlösung durch das "Ego te absolvo" schon gar nicht mehr wahrnehmen kann. Entweder schläft er vor Erschöpfung ein, oder er entschläft tatsächlich. Das ist aber auch keine ideale Lösung.

Bei kritischer Bewertung beweisen beide Fakultäten in der zweiten entscheidenden Stunde im Leben eines jeden Menschen des Öfteren keine wahre Größe. Zum Glück sind sie nur selten bei unserer Geburt zugegen, unserer **ersten** entscheidenden Stunde.

Der Gang des Priesters zu Abraham Weidner, einem schwerkranken Mann mit 84 Jahren ist gegen 11:30 Uhr angekündigt.

Punkt 11 Uhr soll sich Robert, der Ministrant, im Pfarrhaus melden. Maria, die Küsterin, hat bereits die Laterne aus der Sakristei geholt. Die Kerze wird angezündet. Kurz danach verlassen der Seelsorger und sein Ministrant Robert das Pfarrhaus. Unter dem Griff der Laterne , die der Junge trägt, ist eine kleine Glocke angebracht, die die beiden bei jedem Schritt mit einem kleinen, hellen Geläut begleitet. Es ist ein zartes Läuten, nicht aufdringlich, nicht stürmisch, aber doch beängstigend. Jeder weiß, dass da zwei auf dem Weg sind, an dessen Ende wirklich das Ende wartet.

Der Fußweg zum Haus des Sterbenden dauert

bei offenen Straßen etwa zehn Minuten. An jenem Morgen brauchen die beiden durch Eis und Schnee schon fünfzehn Minuten. Unterwegs begegnen ihnen zwei ältere Frauen, die sich bekreuzigten, denn sie wissen, was diese Zwei-Mann-Prozession zu bedeuten hat.

Am Trauerhaus angelangt, werden die beiden, noch bevor sie eintreten, von der Tochter des Sterbenden auf der Haustreppe empfangen. Die Frau ist etwa um die vierzig Jahre alt. Ihren rotbraunen Zopf hat sie nach vorne über ihre linke Schulter gelegt. Ihre Augen sind gerötet und aufgequollen. Mehrfach benutzt sie das Taschentuch. Dass sie leidet, ist unverkennbar.

Sie hat eine Tochter, Gretel, die damals etwa 15 Jahre alt ist. Man hat das Kind selten gesehen. An diesem Tag ist sie jedenfalls da, weil es um ihren Opa wirklich schlecht steht, und er zudem der einzige Großvater ist, den sie noch hat. An ihm hängt sie ganz besonders.

Die Begrüßung zwischen Robert, dem Ministranten, und Gretel ist nur knapp, denn die Situation bietet nicht den Rahmen für ein kurzes Geplauder. Kinder in diesem Alter reden eh nur unwichtige Dinge, so sehen es zumindest viele Erwachsene. Also ist Schweigen in diesem Fall die bessere Lösung. Wie gerne hätte er sich mit Gretel unterhalten. Sie gefällt ihm.

Als die beiden Sterbebegleiter den Flur betreten, werden sie von einer Wärme empfangen, die zunächst angenehm ist, sich aber wenig später dann doch zu einer erdrückenden Hitze entwickelt. Der Priester und sein Ministrant quälen sich aus den Mänteln. Im Wohnzimmer sitzt Frau Dr. Weichbrot, die Hausärztin des Sterbenden.

Typischerweise raucht sie ihre bekannten amerikanischen Zigaretten. Sie liebt diesen amerikanischen Tabak, wie sie überhaupt vieles aus Amerika liebt. Man sagt ihr nach, sie habe gegen Kriegsende mit einem amerikanischen Leutnant eine Liaison gehabt. Dieser sei aber nach 1946 wieder zurück in die USA gegangen und habe sie hier in diesem Dorf sitzen lassen.

Sie, eine Landärztin, ohne große Perspektive. Ihre einzige Bindung sind ihre Patienten. Öfter sagt sie, dass ihre Patienten sowieso viel wichtiger seien als sie als Ärztin. Viele verstehen nicht die ganz einfache Logik: Wenn es keine Kranken gäbe, wäre sie doch völlig überflüssig. Von einem Mann oder gar einem Liebhaber hat man nach dem kurzzeitigen amerikanischen Abenteuer nie mehr etwas gehört. Aber Verschwiegenheit ist sowieso ihre eigentliche

Stärke. Im Aschenbecher liegen drei Kippen, woraus man schließen kann, dass sie sicherlich schon mindestens eine halbe Stunde vor den Kirchenmännern im Haus ist.

Der Priester begrüßt Frau Dr. Weichbrot auffallend freundlich und fragt zunächst nach ihrem Wohlbefinden. Dann erzählen sie sich so eine Zeitlang belanglosen Dorftratsch, gemischt mit Ausflügen in die große Politik, von der aber beide nachweislich nicht allzu viel verstehen.

Recht ruppig unterbricht der Schwiegersohn des Sterbenden die Konversation der beiden.

„Ich glaube, Sie sollten sich jetzt doch um unseren Opa kümmern", wendet er sich in einem fast befehlsartigen Ton an den Priester. Dieser beeilt sich, seine graue Stola überzuziehen. Dann betreten die Männer der Kirche zusammen mit der Tochter und dem Schwiegersohn das Krankenzimmer. Auf dem Nachttisch steht ein Kreuz, daneben ein Gefäß mit Weihwasser. Nicht weit davon entfernt zwei brennende Kerzen. Der Vorhang an dem kleinen Fenster ist halb zugezogen, sodass nur wenig Tageslicht in das Zimmer fällt. Der alte Mann atmet schwer. Sein Gesicht ist fahlweiß. Die Augen liegen tief in ihren Höhlen. Die Wangenknochen ragen

wie Gebirgszüge empor. Darauf graue Bart-
stoppeln. Schweißperlen bedecken das gesamte
Gesicht. Der Mund ist halb offen und sein Ge-
sichtsausdruck zeigt, dass der Todkranke mas-
sive Schmerzen haben muss.

Der Priester sieht sofort, dass er diesen Mann
nicht lange mit Gebeten und Fürbitten beglei-
ten kann. Insbesondere ist ihm der Zustand dieses Schwerkranken an sich schon unerträglich.
Entschieden eilt er zurück ins Wohnzimmer,
wo die Hausärztin bereits sehnsüchtig auf den
Sauerbraten zu Mittag wartet, dessen unwider-
stehlicher Geruch schon das ganze Haus er-
füllt.In einem leisen Ton, aber sehr nervös und
zittrig in der Stimme bittet er sie, doch einmal
mitzukommen.

„Ja, sind sie denn schon fertig mit ihrem Hokuspokus? Das ging aber flott, " schallt es ihm
ziemlich spöttisch entgegen. Der Priester, der
solch eine Beurteilung seiner liturgischen und
seelsorgerischen Handlung noch nie sich hatte
anhören müssen, ist kurze Zeit sprachlos. Dann
bittet er das Ehepaar aus dem Zimmer. Seinen
Ministranten Robert nimmt er offenbar gar
nicht mehr wahr. Dann schießt es aus ihm heraus wie aus einem Dampfkessel, bei dem der
Deckel weggeflogen ist:

„Ich weiß ja, dass sie kein Kirchgänger sind. Ich weiß auch nicht, ob sie überhaupt getauft sind. Das spielt auch keine Rolle. Aber meine Arbeit hier als Hokuspokus zu bezeichnen ist unwürdig, respektlos und unverschämt. Nur weil Sie nichts davon verstehen, erlauben Sie sich solch eine Arroganz. Was haben Sie diesem armen Mann gegeben? Der kann die erlösende Krankensalbung vor Schmerzen gar nicht wahrnehmen. Sie sind kein Arzt, der für den Menschen da ist. Sie sind ein Stümper, ein Quacksalber! Also jetzt geben sie dem Mann mal ein ordentliches Schmerzmittel!"

Frau Dr. Weichbrot hat mittlerweile einen hochroten Kopf und mit zittriger Stimme schreit sie: „Raus hier! Beide! Ich werde den Patienten jetzt untersuchen und behandeln. Dazu brauche ich keine Zuschauer und noch weniger medizinische Laien, die glauben, mir Ratschläge erteilen zu müssen."

Der Priester und sein Ministrant warten eine geschlagene Viertelstunde im Wohnzimmer. Dann ruft die Ärztin die beiden wieder zu dem Patienten. Dieser liegt jetzt ganz ruhig und entspannt in seinen Kissen. Die Gebete und die Krankensalbung verlaufen nicht wie üblich.

Die Ärztin steht im Türrahmen und verfolgt offenbar interessiert den diesmal übertrieben in Szene gesetzten „Hokuspokus" und betrachtet die Wirkung auf den Patienten. Nach einer kurzen Pause öffnet er den Mund und sagt:

„Euren Streit eben um mich habe ich mitbekommen. Und glaubt mir ja, wenn ich das vorher gewusst hätte, wäre ich gerne schon heute Morgen um 10 Uhr gestorben."

Kurz danach tritt die Tochter ins Zimmer und bittet die Ärztin und den Priester zum Mittagessen. Darauf haben beide schon seit mehr als einer Stunde gierig gewartet. Offenbar hat der Sauerbraten mit Knödel eine gewaltige Auswirkung auf die Streithähne von vorhin. Denn wie man durch die halboffene Esszimmertür vernehmen kann, sind die beiden sehr schnell in guter Laune. Das Essen und den Wein kann man nicht höher loben, als sie es tun, sodass kurz danach eine zweite Flasche entkorkt wird. Und wenn man nicht wüsste, in welcher Mission die beiden hier unterwegs sind, könnte man glauben, es handele sich um eine Geburtstagsfeier.

Robert sitzt mit Gretel, der 15 jährigen in der Küche und sie essen Erdbeerpudding. Des Öfteren sehen sich die beiden fragend an, wenn sich die Hochstimmung aus dem Esszimmer bis weit ins Haus ausbreitet. Der junge Robert denkt an die bedauernswerten Angehörigen, die mit am Tisch sitzen und mehr noch an den armen sterbenden Mann, der all dies mitbekommen muss. Trotz allem, ihn faszinieren diese beiden Berufe. Am liebsten würde er sich für beide entscheiden. Noch an diesem Tag fasst er dann den entscheidenden Entschluss für sein späteres Berufsleben:

Er wird Bestatter

Immer Mokkatorte

Clarissa als eine gute Köchin und Konditorin zu bezeichnen, war einerseits nicht nur schamlos untertrieben, sondern konnte andererseits auch als Ausdruck eines versteckten Neids verstanden werden, der ihr bei der Präsentation ihrer kulinarischen Meisterwerke, vorwiegend bei Kaffeetafeln und hier besonders von der Damenrunde, entgegenschlug.

„Ach, ist sie nicht eine gute Köchin!"

Den Zynismus, die Eifersucht und die Verlogenheit, die in diesem Satz mitschwangen, hörte sie sehr bald von Mal zu Mal mehr heraus. Zu einem offenen und ehrlichen Lob wollten sich nur wenige der Ehegatten bekennen, was dann aber sofort strafende Blicke ihrer Frauen nach sich zog, die manchmal auch mit einem derben Knuff in die Rippengegend begleitet waren. Die so Verwarnten wussten dann Bescheid.

Ihren Dünkel und jegliche Etikette außer Acht lassend, fielen sie wie eine Horde ausgehungerter Wölfe über die Mokkatorte her. Diese Torte war nicht nur wegen ihres Geschmacks unübertroffen, sondern auch von der Gestaltung her eine wahre Augenweide.

Clarissa bemühte sich immer wieder, mit unterschiedlichen Zutaten wie Mokkabohnen aus

Schokolade oder anderen Schokoraspeln jeder Torte eine ganz individuelle Note zu geben. Das gelang ihr besonders bei Geburtstagstorten, indem sie die Mitte der Torte mit der Zahl der Lebensjahre des Jubilars kunstvoll verzierte. Hier war Clarissa unübertroffen. Mehr noch als sie selbst war ihr Mann Otto enttäuscht darüber, dass man diese aufwendige und kunstvolle Arbeit seiner Frau nicht annähernd würdigte. Ganz nebenbei bemerkt, war es hauptsächlich seine eigene Verwandtschaft, die hier wie so oft Anstand und Stil vergessen ließ.

Man kann nicht sagen, dass sich die beiden an diese Unsitten ihrer Tischgesellschaften gewöhnt hätten, aber sie sahen großzügig darüber hinweg. Zwei Begebenheiten waren aber ausschlaggebend, um das Fass zum Überlaufen zu bringen.

Clarissa hatte wieder einmal eine ihrer berühmten Mokkatorten zum 75. Geburtstag ihrer Schwägerin Helga in wundervoller Verzierung hergestellt. In Tortenmitte hatte sie kunstvoll mit dunkler Sahne, die sie mit löslichem Kaffeepulver hergestellt hatte, die Zahl 75 geschrieben. Das Ganze eingefasst mit Mokkabohnen aus Schokolade. Während sich die

Gäste noch ein wenig im Wohnzimmer unterhielten, war der Bruder des Geburtstagskindes schon damit beschäftigt, in der Küche den Kuchen nach eigener Manier aufzuschneiden.

Kurz darauf erschien er mit der Torte an der Kaffeetafel. Clarissa war entsetzt, als sie sah, wie der vierzigjährige Bankkaufmann, der die letzten beiden Jahre als Insasse einer JVA zugebracht hatte und dem damit jegliches Gespür für Schönheit und Geschmack verlorengegangen war, den Kuchen komplett durch die Mitte durchgeschnitten hatte. Die sauber ausgearbeitete Zahl 75 in Tortenmitte war noch nicht einmal mehr zu erahnen.

Gerade diese Mitte sollte aber für das Geburtstagskind unbeschadet bewahrt bleiben. Es war nicht mehr zu ändern. Nach gut einer Stunde war auch das letzte Stück gegessen, und offensichtlich war niemand außer Clarissa und Otto über diese Verwüstung, die da vorausgegangen war, verärgert.

Nach einer gewissen Zeit hielt es Otto doch für angebracht, einige Worte über die Torte und deren Besonderheit zu sagen. Durch seine ausgewogene Wortwahl vermied er es, dass es zu einem Eklat kam.

Etwa ein halbes Jahr später kam es bei einer

Verlobungsfeier in der Familie wieder zum gleichen Fauxpas.

Otto sah darin jetzt keine Ungeschicklichkeit mehr, sondern eine Missachtung der Arbeit seiner Frau. Die beiden verließen vorzeitig und äußerst verärgert die Feier.

„Man will uns nur ärgern und ausnutzen."

Mehrfach wiederholte Otto diesen Satz auf dem Nachhauseweg.

Als Ottos Schwager Ernst, dem man den Geiz schon genauso ansah wie seiner Frau Hilda, seinen Achtzigsten plante, wurde Clarissa gebeten, sie möge vielleicht doch wieder so eine schöne Mokkatorte backen. Sie müsse das ja nicht umsonst tun. Man wolle ihr auch zehn Euro dazugeben. Von einer Einladung war keine Rede.

Die kam auch später nicht.

Wie jedes Mal betätigte sich Otto als Küchenhilfe, indem er Teig rührte, Sahne quirlte und so manch andere Handreichungen erledigte.

Gegen Mittag kam der Enkel des Geburtstagskindes, übergab Clarissa zehn Euro und verschwand mit der Torte.

Die Geburtstagsfeier wurde gegen 17 Uhr beendet, damit man nicht noch einen Abendtisch anbieten musste.

Der Nachhauseweg der Gäste, die vorwiegend mit dem Auto gekommen waren, gestaltete sich zu einem reinen Fiasko. Mehrfach mussten sie die Fahrt unterbrechen, denn ein nicht zu unterdrückender Durchfall, der alle Geburtstagsgäste befiel, zwang sie, an den unmöglichsten Stellen sich fluchtartig in die Büsche zu schlagen. Selbst Vorgärten wurden nicht verschont, was natürlich zu Anzeigen bei der Polizei nach sich zog. Die Tagespresse berichtete zudem ziemlich ausführlich darüber.

Am folgenden Tag entsorgte Otto ein kleines braunes Fläschchen, das eine Flüssigkeit mit einem feinen Mandelaroma enthalten hatte. Es gehörte seiner Mutter.

Auf dem schon ziemlich abgegriffenen Etikett konnte man aber noch deutlich das Wort „Abführtropfen" erkennen.

<u>Yasemine</u>

Von Mainz bis in die Savoyer Alpen ist es ein schier endlos langer Weg, selbst wenn man mit dem Auto unterwegs ist. Als sich der junge Tim Weegmann an diesem Samstagmorgen schon um sechs Uhr auf den Weg macht, sind die Autobahnen noch nicht belebt, und über Saarbrücken , Metz und Nancy kommt er schnell nach Lyon. Jetzt muss er Richtung Osten in die Alpen. Bis Chambéry kommt er noch gut voran. Aber dann, ab Albertville, werden die Berge immer höher, die Täler immer tiefer und die Straßen immer enger. Je weiter er ins Gebirge kommt, umso weniger Menschen begegnen ihm, dafür mehr Kühe, und noch weiter oben sind es fast nur noch Ziegen und Gämse.

Weegmann muss mehrfach auf die Karte schauen, da er mittlerweile glaubt, sich verfahren zu haben. Seit einer Stunde hat er keinen Wegweiser mehr gesehen, keinen Menschen, noch nicht einmal einen Hirten aus der Entfernung. Glücklicherweise hat er in Albertville noch vollgetankt, denn „wer weiß, wann und wo hier noch eine Tankstelle zu finden ist", sagt er sich. Mittlerweile fängt es langsam an, dämmrig zu werden. Das macht ihn schon etwas nervös, denn die Straße ist schmal und am Rand völlig ungesichert.

„Wenn dir hier ein Auto im Dunkeln begegnet, dann ,Gute Nacht'", geht es ihm durch den Kopf. Nach wenigen Kilometern sieht er in der Ferne Lichter, die sich aber Gott sei Dank nicht auf ihn zubewegen. „Also kein Auto. Es wird sich dann wohl um mein Ziel handeln: Champagny le bas". Eigentlich würde er jetzt gerne seine Fahrt beschleunigen, aber dann denkt er: „ Das Dorf läuft ja nicht weg, und ich muss auf dieser Buckelpiste nicht mein Leben riskieren." Als Weegmann in das Dorf einfährt, erscheint es wie ausgestorben. Nur ein paar Mischlingshunde, die wahrscheinlich Hütehunde sind, laufen in dem Ort umher. Sie belagern die Straße, als gäbe es keinen Verkehr, und wenn doch, dann finden sie, habe der sich nach ihnen zu richten. Hier herrschen offensichtlich völlig andere Regeln. Das wird dem Deutschen schnell klar. Champagny le bas ist leicht zu erkunden. Es gibt eine ziemlich gerade, etwa ein Kilometer lange Hauptstraße. Rechts und links reihen sich eingeschossige Häuser mit großen Dächern aneinander, die sich alle irgendwie ähnlich sehen, manche mit einem Stall oder einer kleinen Scheune daneben. Nur hin und wieder einzelne spärliche Vorgärten. Die einzige Seitenstraße zweigt ungefähr im Bereich der Dorfmitte von der Hauptstrasse ab. Aber bereits nach etwa zweihundert Metern endet diese auch schon blind als Sackgasse. Das war es dann schon mit Champagny le bas.

Diese Stelle der Abzweigung in die Rue des Alpes ist offenbar der wirtschaftliche und kulturelle Mittelpunkt des Ortes. Hier befindet sich das einzige Lokal: „ Au Chasseur", was der Besitzer durch zahlreiche Jagdtrophäen am Giebel des Hauses unterstreicht. Offensichtlich hat er viele Stunden mit der Gamsjagd verbracht. Das Haus besitzt im Gegensatz zu den übrigen Häusern ein zweites Stockwerk und zudem ein ausgebautes Dachgeschoss mit vier Fremdenzimmern. An die Gaststätte schließt sich ein Kramladen an, den der Besitzer als „Supermarché" etwas großspurig bezeichnet. Hier kann man wirklich alles kaufen, was man so Tag für Tag braucht. Unnützes sucht man vergeblich. Auch ist die Markenauswahl sehr begrenzt. So gibt es nur eine Sorte Kaffee, zwei Sorten Schokolade, eine Sorte Bier und so weiter. Auf den ersten Blick erscheint in diesem Betrieb eine nicht zu durchdringende Planlosigkeit zu herrschen. Im Hof steht eine museumsreife Tanksäule, die tatsächlich noch funktioniert.

Als Weegmann die Gaststätte betritt, blicken die drei einzigen Gäste, die an einem runden Tisch in der Ecke sitzen, neugierig auf den Deutschen, den sie alsbald an seinem Akzent als einen Ausländer ausmachen. Er scheint aber nicht der einzige Ausländer zu sein, denn hinter dem Tresen, der gleichwohl als Anmeldung für das „Hotel" dient, steht eine hübsche junge Frau, der man eindeutig ihre nordafrikanische Herkunft ansieht. Bei ihrem Anblick fühlt sich Weegmann wie vom Blitz getroffen. Er ist absolut fasziniert von ihrem Blick und der Schönheit ihres Gesichts, ja, von ihrer gesamten Erscheinung. Wie benommen fragt er halb auf Französisch, halb auf Deutsch nach einem Zimmer. Aber die junge Frau versteht ihn auch so, und als sie ihn dann noch anlächelt, ist Weegmann fast der Ohnmacht nahe. Als sie ihm eines der Giebelzimmer aufschließt und den Schlüssel übergibt, kommt nur stotternd ein „Merci beaucoup, Madame" über seine Lippen.

„Yasemine", berichtigt sie leise und verschwindet wieder ins Restaurant. Nachdem sich der Deutsche etwas frisch gemacht hat, kann es ihm nicht schnell genug gehen, wieder zurück ins Lokal zu kommen, in der Hoffnung, diese Yasemine wieder zu sehen. In der Tat, dort steht sie hinter dem Tresen. Das Lokal hat sich jetzt deutlich gefüllt und Weegmann bemerkt, wie sich tausend gierige Männerblicke auf diese Schönheit einjustiert haben. Yasemine verhält sich so, als seien diese „Testosteronungeheuer" für sie nicht existent. Nur ihm, dem Deutschen, hatte sie ein Lächeln geschenkt, und gegen ihn, den Ingenieur, hätten diese Bergbauern und Ziegenhirten sowieso keine Chance, sagt er sich. Aber dann wird ihm doch etwas mulmig. Er spürt, dass sich zunehmend eine Stimmung gegen seine Person aufbaut. Die einzige Verbündete, so glaubt er, sei Yasemine, und die sei ja sowieso das Objekt der Begierde. Demnach wäre es klug, den Rückzug anzutreten. Und wenn man schon seinen Feind nicht besiegen kann, dann sollte man sich mit ihm versöhnen. So seine Strategie. Auf die Einladung auf ein Bier am Tresen folgen ihm gleich ein Dutzend der jungen Männer. Etwa ein halbes Dutzend älterer, hölzerner Vollbartträger mit finsteren Blicken unter dunkelgrünen Hüten, die hier Hirten und Jäger vereint tragen, bleibt regungslos sitzen und beobachtet die Szene am Tresen. Jetzt hat sich auch Apollinaire, der Patron, hinter dem Tresen aufgestellt. Ein baumlanger Hüne, mit Vollbart und schulterlangem, schütterem Haar, das mittlerweile halb blond, halb grau dem Vierzigjährigen so etwas wie Patina verleiht.

Apollinaire war ursprünglich Lehrer an einem Gymnasium in Besancon, bis ihm irgendwann alles zuviel wurde. Konkreter wurde er nicht, und ist er auch bis dahin nicht geworden. Die Dörfler bezeichnen ihn als Alternativler, der zudem Vegetarier sei. Die Gamsböcke an der Giebelwand sind vom Vorbesitzer, einem Gaston Upphoffen, einem Schweizer aus dem Jura, der bei einem Jagdunfall ums Leben kam. Dass diese Trophäen nicht von ihm, dem neuen Besitzer, sind, darauf legt er großen Wert. In der Küche werkelt als einzige Apollinaires Schwester Raphaela. Mehr an Personal kann Weegmann derzeit nicht ausmachen. Offenbar gibt es weder eine „Madame Apollinaire" noch einen „Monsieur Raphael", und zu der „Schönheit Yasemine" zeigt Apollinaire ein merkwürdig unerotisches Verhalten. Weegmann hat die Verhältnisse blitzschnell taxiert. Mit einem Späherblick, wie dem eines Greif-vogels, beschattet er Yasemine und den Patron. Aber die beiden tauschen, noch nicht einmal ange-deutet, verliebte Blicke aus. Der Deutsche sieht hier wieder eine Chance, sich der Schönheit zu nähern. Gegen 1 Uhr löst sich die Gesellschaft an der Theke auf. Weegmann musste, nein, er wollte! unzählige Male die Deutsch-Französische-Freundschaft besie-geln, und so kann er nur aufgrund seiner Trinkfes-tigkeit den Abend noch im Stehen überstehen. Be-trunken von Bier und dem unwiderstehlichen An-blick der schönen Yasemine, fällt er in einen narko-seähnlichen Schlaf. Gegen 9 Uhr wacht er mit einem massiven Brummschädel auf. Nach dem Frühstück sitzt zunächst Apollinaire bei ihm und fragt, inwie-weit er ihm behilflich sein könne.

Er fragt nicht aus plumper Neugier, sondern aus ehrlicher und freundlicher Hilfsbereitschaft. Das empfindet Weegmann auch genauso.

Yasemine hört dem Gespräch der beiden Männer intensiv zu, während sie hinter dem Tresen irgen-detwas arbeitet. Dann kommt sie an den Tisch und setzt sich zu ihnen.

„Was meinst du, Apollinaire, ich könnte doch mal mit dem Ingenieur hoch über Champagny le haut hinausfahren und ihm die Gegend zeigen. Ich kenne mich da bestens aus. Auch gibt es da Wege, die in keiner Karte zu finden sind."

„Warum auch nicht. Du hast ja noch so viel Urlaubstage übrig", antwortet der

Patron und verschwindet in die Küche.

Tim Weegmann nutzt die Gelegenheit, Yasemine über den eigentlichen Grund seines Aufenthaltes in Champagny le bas in Kenntnis zu setzen. Er sei hier im Auftrag zweier Großinvestoren, um zu schauen, ob es möglich ist, ein neues Ski-Gebiet oberhalb von Champagny le haut am Col du Palais zu erschließen. Bei dem Ausflug morgen mit ihr könne er sich ja schon einmal einen ersten Eindruck darüber verschaffen. Yasmine, die dem Deutschen mit großem Interesse zuhört, weiß zunächst nicht, was sie von dem Vorhaben der fremden Investoren halten soll. Auch wenn sie selbst erst wenige Jahre hier zuhause ist, so ist ihr dieses schöne Tal mit den beiden Bergdörfern doch schon sehr ans Herz gewachsen. Ihr ist sofort bewusst, dass durch solch einen Eingriff in die Natur die Landschaft hier ihren urtümlichen Reiz weitgehend verlieren würde.

Als sie ihre Bedenken dem Deutschen gegenüber zum Ausdruck bringt, verweist dieser auf die ökonomischen Vorteile dieses Projekts. Ein Argument, dass ihr durchaus zu denken gibt. In der Tat war mal das obere Dorf Champagny le haut ein gesundes Dorf gewesen mit einer Kirche, zwei Läden, einem Bäcker und zwei Wirtshäusern. Beinahe 1000 Einwohner zählte der Ort. Jetzt sind es gerade mal etwas über 100, davon überwiegend ältere. Es gibt keine Geschäfte mehr. In der Kirche wird nur alle vier Wochen eine Messe gelesen. Und mittlerweile laufen mehr Ziegen durchs Dorf als Menschen. Das untere Champagny le bas , in dem sie wohnen, hat sich dank der Initiative von Apollinaire besser halten können. Hier leben immerhin ziemlich konstant etwa 150 Menschen. Auf jeden Fall, darüber ist sich auch Yasemine im Klaren, würde eine Freizeitindustrie eine wesentliche Verbesserung der armseligen Wirtschaftslage bewirken. Und so ist sie in ihren Empfindungen hin und her gerissen.

Weegmann schweigt zunächst, aber dann gibt er eine diplomatische Antwort: „Noch ist ja gar nichts gesichtet und noch lange, lange nichts entschieden. Und sehr gerne nehme ich das Angebot Ihrer Führung an. Ich muss mir noch vorher genau die Karte ansehen und meine Fotoausrüstung vorbereiten. Wir könnten dann morgen früh starten."

Yasemine nickt zustimmend, und auf ihrem Weg in die Küche ruft sie: „Ich werde uns für morgen ein kleines Picknick zurechtmachen. Da oben gibt es kein Lokal und kein Geschäft mehr."

Weegmann ist aufgeregt, wie er es bei keiner Prüfung war, und vergisst für einen Moment seine steife Förmlichkeit, indem er ihr nachruft: „Ich freue mich schon riesig, liebste Yasemine." Die aber tut so, als habe sie das Balzverhalten überhört.

Weegmann schläft in dieser Nacht sehr unruhig. Den Morgen kann er kaum erwarten. Einen ganzen Tag allein mit dieser Frau! Er kann sein Glück kaum begreifen. Yasemine hat einen großen Korb mit verschiedenen Broten, Wurst, Käse, Obst und sogar Salaten zurechtgemacht. Dazu Wasser, Limonade und auch Wein. Als Weegmann den Korb im Auto verstaut und sich umdreht, steht Yasemine direkt hinter ihm. Dann entfährt es ihm ganz spontan: „Tim! Sag einfach nur Tim! So heiße ich." Dabei gibt er ihr einen zarten Kuss auf die Wange.

Auf der Fahrt nach Champagny le haut erzählt er ihr in einem langatmigen Monolog fast seine ganze Lebensgeschichte. Zum ersten Mal schlägt er das Buch seiner Geschichte vor einem Menschen auf. Ihm ist danach! Und er tut es gerne mit sehr viel Leidenschaft und großer Offenheit. Yasemine hört ganz gespannt zu und manchmal scheint es, als versinke sie in die Geschichte des Deutschen. Nach einer längeren Wanderung durch das Gebirge erreichen sie eine unbewohnte Almhütte. Dort legen sie Rast ein und verzehren einen Teil ihres Picknicks. Anschließend liegen sie noch eine gute Stunde im Gras, bevor sie den Weg nach Hause antreten. Wie gerne hätte Tim den Arm um sie gelegt, sie an sich gedrückt und geküsst. Aber da ist noch eine Distanz zwischen ihnen, die den Deutschen an weiterer Annäherung hindert. Er ist sich sicher, dass diese Frau erobert werden muss. Sie würde sich doch nicht so einfach ihm hingeben.

In den folgenden Tagen vollzieht sich nahezu das gleiche Ritual: die Fahrt ins Gebirge, das Picknick und die Wanderungen. Dazu macht Tim Notizen, Fotografien, skizziert Pläne und erklärt Yasemine seine Vorstellungen.

Als sie sich an einem Freitagnachmittag, vielleicht zunächst ganz unbeabsichtigt, aber dann gewollt berühren, ist jede vorher bestandene Distanz dahin. Mit einer ungebremsten Leidenschaft küssen sich die beiden. Sie reden zunächst nichts. Dann auf der Rückfahrt erzählt Yasemine von ihrer Flucht aus Algerien nach Marseille, der Flucht von ihrer Familie, besonders von ihren gewalttätigen und radikalen Brüdern, die ihre westliche Dekadenz vorwarfen. Dann sei sie immer weiter nach Norden geflüchtet. In Besancon habe sie dann Apollinaire getroffen, mit dem sie dann hier in dieses Versteck, wie sie dieses abgelegene Tal bezeichnet, geflüchtet sei. Seit mehr als fünf Jahren habe man sie nicht mehr verfolgt. Aber manchmal fehle ihr schon das Stadtleben, dann führe sie mal für zwei oder drei Tage nach Chambéry, auf dem halben Weg nach Lyon. Als Tim Weegmann ihr den Vorschlag macht, gemeinsam ein paar Tage in Chambéry zu verbringen, stockt Yasemine zunächst. Sie bittet um etwas Bedenkzeit. Dann, nach einer Woche, sagt sie zu.

Apollinaire zieht an diesem Sonntagmorgen Ende August die buschigen Augenbrauen nach oben und kratzt sich wie wild in seinem Vollbart. Dann sagt er an Yasemine gerichtet: „ Meinetwegen, aber wirklich nur vier Tage. Du siehst ja selbst, dass hier viel Arbeit ist." Während der Fahrt nach

Chambéry reden die beiden kaum ein Wort. Tim Weegmann muss sich ganz auf den Weg konzentrieren, während Yasemin mit ihren Gedanken sonst wo ist. Ihr Blick schweift durchs Tal, und die Augen, die sich hinter einer großen Sonnenbrille verstecken, sind voll Tränen. In Chambéry angekommen, bittet sie um einen Stopp am Bahnhof, denn dort müsse sie unbedingt jemanden treffen. Nach einem zarten Kuss auf die Wange entsteigt sie dem Wagen. Auf dem Bahnsteig, wo der Zug nach Lyon steht, wartet eine junge Frau mit blonden Haaren und einer Zigarette in der Hand. Als sich Yasemine ihr nähert, wirft sie die Zigarette weg. Dann breitet sie ihre Arme aus, und die beiden umarmen und küssen sich, wie das Liebespaare tun. Kurz danach besteigen sie den Zug nach Lyon. Yasemine weint unaufhörlich. Der Zug fährt dahin und mit ihm die schöne, nein, die schönste Yasemine.

Tim Weegmann, der aus einiger Entfernung die ganze Szene mitverfolgt hat, glaubt zunächst in einem falschen Film zu sein. Doch als er endlich realisiert, was geschehen ist, bricht für ihn eine Welt zusammen. Mit leerem Blick und versteinerter Miene lässt er sich auf einer Bank vor dem Bahnhof nieder. Dort sitzt er viele Tage. Er kann nicht weinen. Er kann weder essen noch trinken.

Die Liebe zu Yasemine war die Krankheit, an der er schließlich stirbt.

Der große Schweiger

In Ostwestfalen lebt ein ganz eigener Menschenschlag. Die Leute hier werden gerne von den Nichtwestfalen als die großen Schweiger bezeichnet. Zudem reden sie ein „Platt", das in jedem Dorf anders gesprochen wird, was demzufolge eine schnelle und unkomplizierte Kommunikation erschwert. Allein schon die Benennung einer Person ist sehr eigentümlich. Man liebt es offenbar, die direkte Abstammung als wesentlichen Teil des Namens zu wählen. Demnach benennt man den jungen Josef Perlhoff korrekterweise als „Perlhoff Ilse ihr Sohn". Somit ist auch schon ziemlich genau seine Herkunft erklärt. Warum man den Sohn nicht über den Vater definiert, mag vielleicht daran liegen, dass nicht immer so ganz klar ist, wer als solcher letztendlich in Frage kommt. Schon recht seltsam für die Gegend um Paderborn, wo die meisten Bewohner erzkatholisch sind, was in der Regel dazu führt, dass ihnen Freizügigkeit ziemlich fremd und nicht angebracht erscheint.

Als nach dem zweiten Weltkrieg Perlhoff Ilse ihr Sohn- wegen seines schweigsamen Charakters von seinen Verwandten und Freunden auch „der große Schweiger" genannt- sich auf den Weg aus amerikanischer Gefangenschaft nach Hause machte, musste er in der Pfalz auf einem Bauernhof Rast einlegen. Durch die Kriegsgefangenschaft war er stark unterernährt und demnach ziemlich kraftlos. Zudem war er aufgrund einer Kriegsverwundung geschwächt. Wegen dieser körperlichen Gebrechen und auch wegen seiner Stammesherkunft wurde der große Schweiger noch schweigsamer, was eigentlich schlecht vorstellbar war.

Dagegen gab es auf dem Bauernhof, der zwar etwas abseits vom Dorf lag, immer eine reges Kommen und Gehen von Verwandten, Freunden und Nachbarn, meistens verbunden mit vielen und langen Gesprächen. Manches war dem Schweiger zu viel. Manches war ihm zu albern. So wurde er noch wortkarger und immer verschlossener, was ziemlich früh Heidemarie, der zweitältesten Tochter des Bauern Erwin Reichenbach, auffiel. Ihr Mann galt schon seit Juni 1944 als vermisst. Da die Bauernfamilie nur drei Töchter, aber keinen Sohn hatte, sollte doch wenigstens eine von ihnen einen Bauern heiraten. Die älteste Tochter lebte mittlerweile in Wiesbaden und hatte dort mit ihrem Mann, einem Schneidermeister, ein Konfektionsgeschäft eröffnet. Von dieser Seite war wohl nichts zu erwarten. Die Jüngste quälte sich noch durch die Oberstufen des Gymnasiums. Auch hier gab es nicht unbedingt ein „rustikales" Interesse.

Perlhoff Ilse ihr Sohn war zwar kein Bauer, aber als gelernter Zimmermann konnte er gut und schwer arbeiten, wie Erwin Reichenbach alsbald feststellte. Denn nachdem sich sein unverhoffter Gast einigermaßen erholt hatte, packte er kräftig mit an, wenn er gebraucht wurde. Seinen erlernten Beruf als Zimmermann hätte er aufgrund der Kriegsverwundung sowieso nicht mehr ausüben können. Besonders das Steigen auf dem Gebälk wäre ihm unmöglich gewesen. Und so war der Bauer froh, dass sein Gast das Angebot annahm, weiterhin auf seinem Hof zu bleiben und für ihn zu arbeiten.

Was in dem Ostwestfalen vorging, war über Jahre hinweg nicht zu ergründen. Zweimal im Jahr fuhr er mit dem Zug nach Paderborn in seine alte Heimat. Einmal um die Weihnachtszeit und ein zweites Mal zum Schützenfest. Diese beiden Freizeiten waren ihm heilig. Irgendetwas darüber geredet hat er mit keinem. Selbst wenn er hin und wieder mal auf ein Bier in die Dorfkneipe ging, saß er allein am Tresen, immer auf demselben Platz ganz hinten an der Wand, sodass er den ganzen Laden im Blick oder, genauer gesagt, im Überblick hatte. Außerdem konnte ein Nachbargast zumindest nur von einer Seite ihm zu nahe kommen. So saß er dann an diesem Fleck mehrere Stunden lang, schüttete mindestens fünf Gläser Bier in sich hinein und verschwand dann wieder. Außer den Bierbestellungen und einem gelegentlichen „Jau", was gleichbedeutend mit „Ja" ist, hat er nichts geredet. Gelegentlich bekräftigte er sein „Jau" mit einem „Genau." Das war sein wichtigstes Wort. Mit der Zeit hat sich kaum noch einer gewagt, irgendeine Frage an ihn zu richten. Dann war es mit dem „Genau" auch so gut wie vorbei. Man kann nicht sagen, dass er mürrisch oder humorlos gewesen sei. Er hatte so seinen eigenen trockenen Humor, wovon er allerdings nur selten Kostproben zum Besten gab.

Als Heidemarie auch nach fünf Jahren der Vermisstenmeldung ihres Mannes nichts mehr von ihm gehört hatte, ließ sie ihn für tot erklären. Das war damals durchaus üblich. Es musste mit den Witwen ja irgendwie weitergehen. Die meisten Frauen waren ja noch jung und attraktiv, wie auch Heidemarie vom Bauernhof. Nicht nur auf dem Hof, sondern auch im Dorf machte man sich langsam Gedanken. Jeder fragte sich, was es wohl auf sich habe mit dem großen Schweiger, wie man mittlerweile Perlhoff Ilse ihr Sohn nannte. Ob er wohl kein Interesse an der schönen Heidemarie habe, die jetzt doch frei sei und die zudem noch den Hof mitbringe. Auch der alte Reichenbach wurde langsam ungeduldig.

Eines Tages nahm er zunächst seine Tochter „ins Gebet". Er wollte auf keinen Fall, dass sie sich nur des Hofes wegen in eine Beziehung quälen sollte. Er könne es ja durchaus verstehen, so sagte er ihr, wenn sie kein „Bedürfnis" nach dem Landarbeiter habe. Dabei versuchte er durch seine seltsamen und eigenwilligen

Umschreibungen etwas Lockerheit in dieses ernste Thema zu bringen, denn der ausgesuchte und ersehnte Brautwerber war ja an sich schon steif genug. Sein ostwestfälisches Wesen war für die kontaktfreudigen Pfälzer eine wahre Herausforderung. Etwas mehr Geschmeidigkeit hätte ihm gut gestanden.

Es war auch für niemand ersichtlich, ob Perlhoff Ilse ihr Sohn überhaupt ein Interesse an Heidemarie hatte. Nie entwich seinem Mund einmal ein Kompliment, noch sah man in seinen Augen ein Strahlen, wenn sich Heidemarie einmal hübsch gemacht hatte. Einen begehrlichen Blick konnte man höchstens mal am Tresen des Wirtshauses sehen, wenn das Bier frisch gezapft wurde.

Mit der Zeit fand Heidemarie diesen schweigsamen Menschen dann doch zunehmend interessant. „In so einem müssen ja unendlich viele Geheimnisse stecken", sagte sie sich. Sie wollte diejenige sein, die als erste und vielleicht auch als einzige diese Schatztruhe der Rätselhaftigkeit öffnen konnte. Diskrete Anspielungen oder gar Annäherungsversuche prallten allesamt an ihm ab. Auch ihrer sanften Stimme, von der sie eigentlich überzeugt war, dass sie imstande wäre, das Eis zu brechen, war schon bald die Erfolglosigkeit ihrer Bemühungen anzumerken. Als sie schon fast aufgeben wollte, kam die Wende.

Eines Abends brachte der Bauer in väterlicher Fürsorge für seine Tochter all seinen Mut auf und setzte sich mit dem großen Schweiger zusammen. Nicht allein um den Sprachfluss erst in Gang zu bringen, sondern auch um ihn zu unterhalten, hatte der alte Reichenbach eine gute Flasche Wein entkorkt. Zunächst verlief das Gespräch ziemlich holprig, denn Erwin Reichenbach durfte man auch nicht unbedingt zu den begnadeten Rednern zählen. Nach einigen Gläsern Wein lief die Unterhaltung recht flüssig, wobei es sich fast nur um einen Monolog handelte, der hin und wieder durch ein lautes „Jau!" und ein noch lauteres „Genau!!" unterbrochen wurde. Über ihn persönlich und „ Wo bist du wech?", wie die Ostwestfalen auf

ihre eigene, unverwechselbare Art die Herkunft klären, war wenig zu erfahren. Aber immerhin, das war schon mal ein Anfang.

In den kommenden Wochen und Monaten
konnte man wahrnehmen dass in dem Ostwestfalen eine kleine Wandlung stattgefunden
hatte. Hin und wieder sprach er mal zwei, drei
Sätze hintereinander, auch ohne gefragt zu
werden. Eine wirkliche Offenbarung erlebte die
Familie beim Mittagstisch an Ostersonntag als
sie allesamt bei einem ausgezeichneten Essen
beisammen saßen. Ganz begeistert von dem
guten Essen, in Verbindung mit dem Wein, verfiel der sonstige Schweiger in einen beachtli-
chen und für ihn absolut ungewohnten Rede-
fluss. Er erzählte von seiner Heimat, dem Pa-
derborner Land, mit seiner schönen Landschaft, seinen kulinarischen Spezialitäten wie
Steckrübeneintopf, Stippgrütze und dem, nicht
zu vergessen, typischen Lipp'schen Pickert, einem Kartoffelgericht aus geriebenen Kartof-
feln, mit Mehl gemischt, und das auf einer
Herdplatte gebraten, die vorher mit einer fet-
ten Schweineschwarte gut eingerieben wird.

Schon beim Hören all dieser Köstlichkeiten kann man sich vorstellen, dass diese ostwestfälischen Wesen zumindest zwei wichtige Gaben haben müssen: Erstens einen unbändigen Appetit und zweitens einen enorm strapazierfähigen Verdauungstrakt. So behaupten es zumindest all die Nichtwestfalen, die schon einmal Opfer eines solchen Anschlags auf den Magen-Darm-Trakt wurden. Ansonsten blieb Perlhoff Ilse ihr Sohn mehr beim Allgemeinen. Über seine Zeit im Krieg wollte er nicht reden. Das gab er gleich bekannt.

Es war im Spätsommer. Heidemarie lag an einem Sonntagnachmittag nur knapp bekleidet in der Sonne, als Josef dazu kam. So hatte er schon lange keine Frau mehr gesehen. Beide spürten, wie Leidenschaft und Begehren immer stärker wurden. Und noch bevor es dunkel wurde, hatten sie sich in Heidemaries Zimmer zurückgezogen. Die Nacht verlief ziemlich wild. Heidemarie aber spürte, dass Josef irgendein Geheimnis mit sich herumtrug, das ihn schwer zu belasten schien und das womöglich mit ihr zu tun haben könnte. Er lag auf dem

Bett, schaute an die Decke und schwieg und schwieg, so eindringlich Heidemarie ihn auch fragte, was ihn so sehr beschäftigte.

Was sollte er sagen?

Sollte er ihr sagen, dass ihr Mann Helmut schon seit 1944 als vermisst galt? Und dass er mit ihm seit Sommer 1941 befreundet war?

Sollte er ihr sagen, dass Helmut schon 1942 ein festes Verhältnis mit einer Französin hatte? Und dass aus der Beziehung zwei Kinder stammten?

Sollte er ihr sagen, dass er schon 1943 mit der Résistance zusammengearbeitet hatte? Und dass er sich in den Wirren der Invasion im Juni 1944 mit seiner Claudine und den beiden Jungs nach Südfrankreich abgesetzt und einen neuen Namen angenommen hatte?

Sollte er ihr sagen, dass er ihn, Josef, gebeten hatte, wenn es ginge , Heidemarie aufzusuchen, um zu sehen, wie es ihr und Ihren Eltern ginge, um ihnen, wenn nötig, beizustehen?

Aber all das sollte auf jeden Fall ihr gemeinsames Geheimnis bleiben!

Einen riesigen Berg an Problemen trug er also mit sich herum. Aber nur einem echten Ostwestfalen konnte man solch eine schwere Last aufbürden.

Am nächsten Morgen. Beide lagen dicht beieinander, und Heidemarie verspürte immer noch ein wunderbares Glücksgefühl, wie schon lange nicht mehr.

Nach einiger Zeit fragte sie: „Na, mein Liebster, wie war die Nacht?". Mit etwas Verzögerung, wie man das bei Josef kannte, antwortete er in seinem recht emotionslosen Ton: „**Nicht verkehrt. Kannste nicht meckern.**"

Heidemarie empfand diese Bemerkung als eine ungeheuerliche Demütigung ihrer Person. Hatte sie ihm doch in den vergangenen Stunden so viel Liebe und Empathie entgegengebracht! Mehr aus Wut als aus blankem Entsetzen über solch eine haarsträubende Äußerung jagte sie ihn aus dem Bett. Die nächsten Tage redeten sie kein Wort miteinander, was Josef absolut nicht schwerfiel. Heidemarie war zutiefst verletzt und maßlos enttäuscht. Der Mutter war diese Verstimmung nicht entgangen.

Auf ihre Frage, was denn vorgefallen sei, gab Heidemarie nur eine knappe Antwort: „Der bildet sich weiß Gott was ein. Der ist arrogant, hochnäsig und total verwöhnt. Der muss vom Hof! Oder ich gehe!"

Hätte Heidemarie gewusst, dass der Spruch **„Nicht verkehrt. Kannste nicht meckern."** für die Ostwestfalen der Ausdruck höchsten Lobes ist, wäre vermutlich alles anders gekommen.

Hannibal

Eigentlich heißt Hannibal, „Exon von der Treibe". So ist er im Zuchtbuch des Doggen-züchters Erhard Pfau eingetragen. Der fünfte Wurf einer seiner Rassehündinnen ist der soge-nannte „E" Wurf, gemäß dem 5. Buchstaben im ABC. Folglich müssen alle Welpen dieses Wurfs einen Namen erhalten, der mit „E" be-ginnt. Wie der spätere Besitzer den erworbenen Welpen letztendlich nennt und ruft, ist allein seine Entscheidung.

Als Markus Raufuss den kleinen Hund zum ersten Mal im Arm hält und in sein Gesicht schaut, ist er sofort in das Tier verliebt. Er küsst ihn auf die Stirn, dabei sagt er ganz gewichtig und auch liebevoll:

„Hannibal ! Du bist unser Hannibal"

Mit dem größten Feldherrn der Antike hat Hannibal aber nur den Namen gemeinsam. Schon im Spiel mit seinem Herrchen und ganz besonders auch mit anderen Hunden zeigt Hannibal keine Aggression oder gar Streit-sucht. Als er nach gut einem Jahr bereits seine endgültige Größe erreicht hat, genügt allein sein imposantes Erscheinungsbild, um deutlich zu machen, wer der Herr im Hause ist. Allein Markus wird von ihm als das Alpha Tier anerkannt. Alle anderen Mitglieder der Familie stehen im Rudel unter ihm. So ist es nicht verwunderlich, dass der Rüde nur seinem Herrn aufs Wort gehorcht. Die Befehle aller anderen Personen befolgt er eben nur nach Lust und Laune.

Von Jahr zu Jahr entwickelt sich ein tiefes Vertrauensverhältnis zwischen Hannibal und seinem Herrn. In ausgedehnten Spaziergängen vertiefen sie diese enge Freundschaft. Ein Ausführen mit Leine und Halsband ist, wenn die beiden unterwegs sind, nicht notwendig. Der Hund gehorcht aufs Wort und oft weiß er sogar schon vor dem Befehl, was er zu tun oder zu lassen hat. Er hat dafür so etwas wie einen sechsten Sinn. Schon allein im Verhalten seines Herrn erkennt er, in welcher Situation sie sich befinden. Der ausgesprochene Befehl ist dann nur noch Ergänzung.

Beide sind aufgrund dieser besonderen Beziehung weit über die Ortsgrenzen gut bekannt. Zu Hannibals größten Bewunderern gehört auch der Jagdpächter Rolf Kohler, der, umtriebig wie er nun mal ist, nahezu bei jedem Wetter die Gemeindewälder und Fluren durchstreift, immer auf der Spur nach etwas Jagdbarem. Kohler, ein Mittvierziger, der „es geschafft hat", wie es im Volksmund kurz und knapp von jemandem heißt, der es im Leben zu etwas gebracht hat, verbringt mittlerweile weit mehr Zeit in seinem Revier als in einer seiner zwei Apotheken. Dort sorgt sich seine Frau Charlotte, die er liebevoll Charly nennt, um die Geschäfte. Kohler ist seit fünf Jahren der bekannteste und der am meisten geachtete Waidmann in der Region. Sein Auftreten in der Jägerkluft lässt keine Rückschlüsse auf einen Akademiker zu, was ihn zumindest nicht stört. Manche behaupten sogar, dass er den „ Dr. Dr. Rolf Kohler", hinter dem „Jäger Rolf" verbergen will. Volksnähe ist sowieso seine Sache.

Begegnet man diesem wilden Burschen einmal im Wald, so ist das meist ein unvergessliches Erlebnis. Für seinen großen, kastenförmigen Kopf, seine breite Nase mit den weiten Nasenlöchern kann er nun wirklich nichts. Das sind die typischen Erbmerkmale der Steinbachs. Seine Mutter ist eine geborene Steinbach. Aber für den ewig zerzausten, halblangen, dunklen Wuschelkopf, der sich unter dem ziemlich abgetragenen grünen Filzhut hervortut, für den kann er schon etwas. Auch für den riesigen, dunklen Vollbart, der mittlerweile bis zum zweitobersten Hemdknopf reicht, könnte er mehr Sorgfalt walten lassen. Ganz im Loden-Grün gekleidet, den Drilling geschultert, den

Feldstecher umgehängt, so inszeniert sich Kohler gerne. Sein stechender Blick ist wie der eines Greifvogels. Auch ein Nichtjäger erkennt hier leicht den Jagdtrieb dieses Mannes.

Hannibal besitzt keinen geringeren Jagdtrieb, den er, wenn er kann gerne auslebt. Hat er einmal bei den stundenlangen Spaziergängen ein Stück Rehwild ausgemacht, so jagt er dem Tier gleich hinterher, allerdings nur eine kurze Strecke. Dann bleibt dem 80 Kg schweren Rüden schon die Luft weg und damit auch die Lust an einer weiteren Verfolgung. Immerhin hat es aber gereicht, dass Hannibal einigermaßen zufrieden und schnell wieder zu seinem Besitzer und Herrn zurückkehrt.

Auf diese Weise hat er mehrfach dem Jagdpächter Kohler, wie dieser sagt „Die Jagd versaut", was nichts anderes bedeutet, als dass Kohler „auf einen Bock ansaß". Aber noch bevor Kohler zum Schuss kam, ihm bereits Hannibal das Stück vertrieben hatte. Für die meisten Jäger sind daher wildernde Hunde ein Grund für deren Abschuss. Nicht so bei Hannibal. Er genießt eine unglaubliche Gunst bei Kohler. **Der** würde ihn nie erschießen. Nicht selten berichtet er Raufuss schon über Hannibals Jagdabenteuer. Zum Glück hat Kohler einen ausgeprägten Sinn für die Gesetze der Natur. Neben seinem Studium der Pharmazie ist er auch ein promovierter Biologe, was aber nur wenige wissen.

Nicht nur deswegen erlaubt Kohler auch diesem vierbeinigen Jäger das Recht zu jagen. Mit seiner Gesinnung steht der Jagdpächter ziemlich allein in Wald und Flur. Wie überhaupt, dieser auf den ersten Blick finster dreinschauende Waidmann, ein sehr toleranter und einfühlsamer Mensch ist, der sich hinter dem Bild eines wilden Jagdgesellen versteckt.

Was er aber absolut nicht toleriert, ist die Jagdwilderei durch Menschen.

Es ist Heiligabend 1994 mittags. Markus Raufuss hat sich mit Hannibal noch zu einem Spaziergang aufgemacht, damit sie zu Hause die Vorbereitungen für den Heiligabend nicht stören. Es hat seit zwei Tagen kräftig geschneit, und überall liegt eine dichte Schneedecke. An diesem Tag fahren die beiden mit dem Auto zum Waldrand, von wo aus sie dann eine kleinere Strecke gehen wollen. Sie sollen aber nicht länger als eine Stunde ausbleiben. So der „hausfrauliche Befehl", dem man gerade an jenem Tag unbedingt folgen will.

Kaum ist Hannibal dem Auto „entstiegen", schon schiebt seine Nase kleinere Spuren im Schnee, um plötzlich wie wild auf einer Fährte in einer kleinen Waldung zu verschwinden. Dahinter liegt ein Wildacker, an dessen Längsseite sich eine Tannenbaumschonung anschließt. Offenbar hat man erst kurzfristig mit einem zwei Meter hohen Wildgatter den noch jungen Baumbestand geschützt. Markus Raufuss sieht ihn zumindest an diesem Tag zum ersten Mal. **Und nicht nur er!**

Als er einige Meter den Wildacker betreten hat, hört er seinen Hund laut bellen, wie er das immer tut wenn er auf einer Spur jagt. Und kurz danach springt ein kräftiger Bock aus dem Wald, unmittelbar hinter ihm der jagende Hannibal. Die beiden laufen direkt auf Markus Raufuss, zu. Den Weg zurück in den Wald hat er, eher ungewollt, versperrt.

In größter Not, sein Leben zu retten, versucht das Reh in die Schonung zu entkommen. Das Drahtgatter ist auch ihm offenbar neu. Immer wieder versucht es in vollem Lauf nach der Seite eine Stelle zu finden, durch die es dieser lebensbedrohlichen Situation entkommen kann.

Dann geschieht das Unheil. Das Gehörn des

etwa zweijährigen Bocks verfängt sich in den Maschen des Drahtzauns. Der Kopf bleibt stecken und durch die Wucht des Körpers, der ja noch in voller Fahrt ist, verdreht sich der Hals derart, dass das Tier sofort tot ist.

„Genickbruch", stellt Markus Raufuss - eigentlich Dr.med. Markus Raufuss Chirurg - sofort fest. Sofort ist Hannibal zur Stelle und beansprucht die Beute für sich. Er versucht das tote Tier vom Bauch her aufzureißen. Jetzt kommt Raufuss in eine gewaltige Stresssituation.

Zunächst muss er versuchen den Hund von einem weiteren Anschneiden abzuhalten. Zum anderen muss er Ausschau halten, ob es keine Beobachter dieses Dramas gegeben hat. Kohler hätte sicherlich Verständnis für das Geschehene, ist sich Raufuss sicher. Aber ein gewisser Emil Kupferpfennig, einer seiner Jagdgäste, hätte mit Sicherheit keine Skrupel, den Hund in flagranti zu erschießen und zudem eine Strafanzeige wegen Wilderei gegen Raufuss zu erstatten. In ihm sieht Raufuss die größte aktuelle Gefahr.

Wer weiß, ob sich nicht dieser Schnösel hier irgendwo im Unterholz herum-treibt. Das tote Tier an Ort und Stelle liegen zu lassen will Raufuss nicht und kann es nicht. Zu sehr gehen ihm alle möglichen Gedanken durch den Kopf.

Dann schultert er den Bock und begibt sich so schnell er kann zum Auto. Hannibal läuft hinterher und versucht immer wieder, „seine Beute" von den Schultern seines Herrn herunterzuziehen. Zweimal fällt ihm der Bock von den Schultern. Völlig erschöpft erreichen sie das Auto. Sofort wird das tote Tier im Kofferraum verstaut.

Hannibal sitzt auf der Rückbank und ist noch völlig aufgedreht, denn direkt hinter ihm im Kofferraum liegt ja seine Beute, die er zwar nicht sehen, aber extrem riechen kann.

Jetzt müssen sie nur noch nach Hause. Als sie aus dem Wald herausfahren, kommt ihnen der Jagdpächter Kohler entgegen.

„Na, ihr beiden. Spaziergang schon beendet?", fragt Kohler ins Auto. Dabei sieht er Hannibal etwas kritisch an.

„Wie sieht denn der Hannibal um's Maul herum aus? Hat der Streit mit einem anderen Hund gehabt?"

„Iwo, du weißt doch. Er tut doch keiner Fliege etwas zu leide. Du kennst ihn doch. Der hat sich da vorne in den Dornen verletzt." Dabei zeigt Raufuss auf die nahe Waldung.

„Und Du? Nach was hältst du noch Ausschau?", will Markus Raufuss wissen.

„Ich muss nur mal sehen was die Sauen angerichtet haben. Der Kupferpfennig ist auch noch draußen, der will unbedingt noch eine Sau schießen. Jagen, will **ich** an dem Tag des Friedens und der Liebe nicht. Die Tiere haben ja auch Weihnachten, nur wissen sie es nicht. In diesem Sinne, euch ein frohes Fest", sagt Kohler, indem er sich mit schwerem Gang durch den Schnee vom Auto entfernt.

„Ich dir auch, und Waidmanns Heil!", ruft Raufuss dem Jäger nach.

Das Auto biegt in die Dorfstraße ein. Hinter dem Steuer sitzt ein aufgeregter Raufuss, und auf dem Rücksitz ein total erregter Hannibal. Noch bevor sie zu Hause ankommen, ist sich Raufuss immer noch nicht im Klaren darüber, was er mit dem Stück anfangen soll.

Es dem ortsansässigen Revierförster bringen, und ihm den ganzen Vorgang schildern? Der könnte ihm zumindest den Vorwurf der Wilderei machen, ihm dem Doktor der Chirurgie. Was für ein Eklat!

Oder wäre es gescheiter, das Stück irgendwie im Wald zu entsorgen? Dann dürfte Hannibal nicht dabei sein. Viele Gedanken gehen ihm durch den Kopf.

Am zweiten Weihnachtstag hat Elvira Raufuss, wie jedes Jahr, ein wunderbares Weihnachtsessen zubereitet, zu dem sie und ihr Mann engste Verwandte und Freunde eingeladen haben. Doch bevor man zum Mal kommt, auf das alle Gäste sehnsüchtig warten, erscheint der Jagdpächter Kohler ziemlich aufgeregt in seiner Jägerkluft. Schon im Flur ruft er sehr erregt:

„Markus, du musst unbedingt mitkommen, es ist etwas Entsetzliches passiert. Dieser Kupferpfennig, du kennst ihn ja, ist tot aufgefunden worden. Ein Jagdunfall. Könnte vielleicht auch durch eine Schießerei mit einem Wilderer passiert sein. Die Polizei ist bereits im Wald. Du musst den Todesschein ausstellen, bevor er zur Gerichtsmedizin überführt werden kann. Vielleicht können wir ja Hannibal zur Spurensuche mitnehmen".

Hannibal bleibt wie angenagelt unter dem Tisch, alle Befehle beantwortet er mit einem Knurren.

Die Angelegenheit im Wald dauert keine 15 Minuten für die beiden. Die Polizei ist aber mit den Ermittlungen noch eine Zeit lang beschäftigt. Als Kohler seinen Freund Raufuss nach

Hause bringt, bittet Elvira ihren Mann, Kohler zu fragen, ob er sich nicht zu ihnen an den Tisch setzen möchte. Man habe ja genügend zu essen, und allesamt seien sie doch interessiert, was da im Wald passiert sei.

Kohler gefällt die Einladung. Seine Frau Charly hat sowieso Apotheken-Notdienst und ist nicht zu Hause. Die Kinder sind bei den Großeltern, also ist er ganz allein. Ohne zu zögern nimmt er an der Tafel einen Platz ein. Auf eine Vorstellung seiner Person wird verzichtet, da jeder den Waidmann kennt. Auf seinen Bericht über das, was sich da im Wald abgespielt hat, muss die Tischgesellschaft nicht lange warten.

„Es ist wahrscheinlich diese elende Wilderei", seufzt Kohler und schiebt sich ein großes Stück Braten durch den urwaldähnlichen Vollbart, das dann in seinem Mund verschwindet.

„Köstlich, einfach köstlich, Elvira! Hat den typischen Geschmack von Wild. Könnte von einem Reh sein, Elvira. Oder?"

Daraufhin huscht nur ein verschmitztes, vielsagendes Lächeln über Elviras Gesicht.

Das zweite Stück Braten teilt Kohler mit Hannibal, der immer noch unterm Tisch liegt. Dann

seufzt er erneut, aber mehr an den Hund gerichtet:

„Diese elende Wilderei",

Dabei streichelt er ganz liebevoll den Kopf von
Hannibal.

Der Notariatsakt

Paul Mezger gehört zu den Großindustriellen, auf die ein Teil der Bevölkerung mit Neid und Verachtung herabblickt, während die andere Fraktion schon fast ehrfürchtig und bewundernd zu ihm aufschaut. Er hat in seinem ganzen Leben schwer gearbeitet, und weder sich noch seiner Frau Alma viel gegönnt. Erst an seinem sechzigsten Geburtstag, den er unerwartet spektakulär feiert, erfährt er in langen und offenen Gesprächen mit alten Freunden, was ihm und seiner Frau, aber auch seinen drei Söhnen bisher alles entgangen ist.

Schon in den darauffolgenden Wochen, ändert sich sowohl die Speisekarte, als auch die Qualität der Weine bei Tisch und anderen Gelegenheiten. Aber nie in der Absicht der Protzerei. Auch seine jetzt häufigeren Urlaubsreisen bleiben landauf, landab nahezu unbemerkt.

Was immer er tut, es geschieht in dem Bestreben, die Sympathie bei Land und Leuten zu erhalten oder gar noch zu vergrößern. Das Lager der Neider kann er sowieso nicht bekehren. Das weiß er.

Das so oft beschriebene „gute Leben" fordert schon nach etwas mehr als zehn Jahren seinen Tribut. Zunächst erkrankt seine Frau an einer schweren und rasant verlaufenden Demenz, die zusammen mit einer Erkrankung der Bauchspeicheldrüse innerhalb eines Jahres zu ihrem Ableben führt. **Er** erleidet dann etwa drei Jahre danach zwei leichtere, allerdings kurz aufeinanderfolgende Schlaganfälle. So sind sie innerhalb von fünf Jahren zu einer Unglücksgemeinschaft geworden.

Seine Erkrankung hat ihn brutal bis an die Schwelle des Todes gebracht.

In dieser Situation, die er mehrfach als die Nah-Erwartung seines Untergangs bezeichnet, ist ihm klar geworden, dass er bald handeln muss, damit nicht auch noch sein Firmen-Imperium untergeht.

Paul Mezger ist seit der Umwandlung der Firma in eine GmbH nicht mehr der Vorsitzende im Aufsichtsrat, aber er genießt als Firmengründer immer noch ein hohes Ansehen. Seine drei Söhne sind in seinen Augen unnütze Schranzen, die sich mehr dem süßen Leben und der Verschwendungssucht hingeben, als sich ernsthaft um Belange der Firma zu kümmern.

Immerhin besitzen die drei Taugenichtse, wie sie der Vater öfter verspottet, zusammen jetzt zwei Drittel der Firmenanteile. Durch den Tod der Mutter fiel ihnen deren Anteil auch noch zu. Der alte Mezger erlebt von Jahr zu Jahr mehr, dass die Söhne jetzt das Sagen haben. Eigentlich sind es aber deren Prokuristen, die die Geschicke der Firma bestimmen. Dieser Umstand führt dazu, dass Paul Mezger in eine bedrohliche Lustlosigkeit und Melancholie abgleitet.

Keiner der drei Söhne hat ein ernsthaftes Interesse an der Weiterführung der Betriebe. Also beschließen sie zu verkaufen. Einer, der besonders großes Kaufinteresse zeigt, ist ein gewisser Georg Schwarzenberg. Schwarzenberg ist seit Jahren ihr schärfster Konkurrent. Als einen Freund würde Mezger ihn nicht bezeichnen.

Mit dessen Notar vereinbaren sie in einer geheimen Sitzung, dass dieser einen Kaufvertrag ausarbeiten solle, dem der mittlerweile schon sehr hinfällige Vater auch zustimmen würde. Die Söhne erhoffen sich dadurch für jeden eine erhebliche Summe, ohne auch nur einen Finger krümmen zu müssen und ohne die Sorgen und Nöte zu haben, die eine Firmenleitung mit sich bringt.

Nichts Ungewöhnliches in der Generation Y.

Paul Mezger, lebt bereits seit Monaten in einer anderen Welt. In Unterhaltungen fängt er oft nur noch Gesprächsfetzen auf, die er dann auch nicht mehr zu einem umfassenden Gedanken zusammenfügen kann. Das scheint den drei Söhnen der richtige Moment zu sein, den Vater für solch einen Akt zu gewinnen. „Das sollte schon gut über die Bühne gehen" darin sind sich die Drei einig. Diese strenge Form eines Notariatsaktes über den Verkauf einer GmBH muss allerdings von einem Notar aufgesetzt und durchgeführt werden.

Der Vertragsentwurf, der alle Betriebe des Wirtschafts-Imperiums berücksichtigt, umfasst nach der ersten Fassung mehr als 80 Seiten. Nach einer zusätzlichen Überarbeitung sind es dann letztendlich noch fünf Seiten mehr.

Durch die hellen Fenster fällt das Licht der Vormittagssonne in das Besprechungszimmer von Notar Dr. Amberger.

Der Beginn der Verhandlung ist für zehn Uhr festgelegt. Zugegen sind neben dem Notar die beiden Industriellen: Georg Schwarzenberg als Käufer und Paul Mezger als einer der Verkäufer, sowie die drei Söhne Mezger. Von einer Sekretärin werden Getränke und ein Imbiss vorbereitet, da wie zu erwarten ist, das komplette Vorlesen des Aktes mehrere Stunden in Anspruch nehmen wird.

Notar Dr. Amberger verkündet auf die ihm eigene vernuschelte Art die Sitzung für eröffnet, und in seinem bekannt schwingungsarmen, monotonen Vortrag, gespickt mit Paragraphen und Bemerkungen, fährt er stundenlang fort.

Nach vier Stunden, Amberger hat etwas mehr als zweidrittel des Aktes verlesen, schläft Paul Mezger tief ein, und durch sein lautes Schnarchen wird der Notar unterbrochen. Mehrere Weckversuche bleiben ohne Erfolg, sodass die Verlesung vorzeitig abgebrochen werden muss.

Man vereinbart einen zweiten Termin in zehn Tagen. Auch bei diesem Termin wird Paul Mezger vom Tiefschlaf übermannt. Da das Verlesen des Aktes und die inhaltliche Prüfung Pflicht sind, ohne die der Notariatsakt keine Gültigkeit besitzt, werden noch weitere vier Termine anberaumt, die aber alle im gleichen Fiasko enden.

Die Firma wird nicht verkauft.

Paul Mezger erholt sich von Jahr zu Jahr. Auf einer Kreuzfahrt lernt eine Schwedin kennen.

Ihrem Sohn, einem äußerst erfolgreichen Ingenieur, verkauft er für einen Euro seine gesamten Anteile des Industrie-Imperiums, auf dass er es in seinem Sinne weiterführe.

Der Notariatsakt dauert genau fünf Stunden und zwölf Minuten.

Paul Mezger bleibt die ganze Zeit über hellwach.

Das Wartehäuschen

In den fünfziger und sechziger Jahren stellte für den größten Teil der Bevölkerung der Bus das wichtigste tägliche Verkehrsmittel dar. Anfänglich standen die Passagiere bei jedem Wind und Wetter im Freien und warteten auf den Kraftwagen. Kam er pünktlich, dann wurde auch bei schlechtem Wetter nur wenig geschimpft. Man hatte ja gerade den Krieg mit wesentlich mehr Beschwernis ertragen. Somit waren fünf Minuten im Regen nicht der Rede wert. Kam das Gefährt aber unpünktlich und war zudem das Wetter noch schlecht, dann wurde geflucht, und nebenbei konnte man auch gelegentlich derbe Drohungen gegen den Fahrer hören.

Das blieb den Verantwortlichen der Verkehrsbetriebe nicht verborgen. Um die Kundschaft nicht zu verlieren und dabei so etwas wie Luxus, wenn auch auf einem sehr bescheidenen Niveau, anzubieten, hatten sie die Eingebung, die Haltestellen mit einem Wartehäuschen aufzuwerten.

Anfänglich waren diese Bauwerke, die man besser nicht so bezeichnen sollte, nicht mehr als eine einfache, unansehnliche Hütte. Ein Verschlag! An drei Seiten geschlossen und mit ei-

nem nach hinten abfallenden Pultdach verse-
hen. Die Wände bestanden aus schlichten Bret-
tern. Die Konstruktion war einfach, billig und
erfüllte ihren Zweck. Mehr war es auch wirklich nicht. Stillos, hässlich und eigentlich schon
nach der Fertigstellung abrisswürdig. Ein in
der Tat minderwertiger, verschmutzter Stall.

Jahre später wagte man sich mit einer zweiten
Generation auf den Markt. Hier hatten dann
wenig phantasiereiche Architekten zumindest
einmal eine andere Dachform gewählt. Die
Dacheindeckung, mit unterschiedlich dicken
Kieselsteinen belegt, sollte selbst noch in Flens-
burg bei den Buskunden das unwiderstehliche
Gefühl wecken, im Voralpenland zu Hause zu
sein. Stilsicherheit sieht auch etwas anders aus.

Als wahre Verbesserung gegenüber der ersten
Generation hatte man jetzt eine Sitzgelegenheit
mit eingebaut. Eigentlich nur ein simples Brett
an der Wand. Von Gemütlichkeit war man weit
entfernt. Und doch hatte sich im Juni 1967 ein
etwa sechzigjähriger Mann dort auf diesem
Brett in einer Weise niedergelassen, als sei dies
der gemütlichste Platz, den es auf der Welt gab.
Man sah ihn Tag für Tag dort sitzen. Schon früh
am Morgen, noch bevor der erste Bus anrollte
und die Fahrgäste mitnahm, hockte er da und

beobachtete das Geschehen auf der Landstraße und an der Haltestelle. Mittlerweile kannte er genau die Ankunft- und Abfahrtzeiten der Linienbusse. Und nach einer gewissen Zeit kannte er fast alle Fahrgäste. Zwar nicht mit ihren vollen Namen, aber hin und wieder hörte er, wie sie sich anredeten, und wusste sehr bald, wer „die Anna und wer der Klaus" war.

Aber **ihn** kannte niemand. Obwohl er gerade erst die sechzig überschritten hatte, machte er doch einen deutlich vorgealterten Eindruck. Man beschrieb ihn nur als „der Alte in der Ecke". Dann wusste jeder, wer gemeint war. Ein Gespräch mit diesem Einsiedler wollte keiner führen.

Sein „Ich-habe-nichts-zu-sagen-gesicht" zeigte jedermann, dass kein Gesprächsangebot und demnach auch kein Gesprächsbedarf bestand. Nur einmal am Tag, ziemlich genau gegen 12 Uhr 30, verließ er seinen Beobachtungsposten und verschwand für eine Stunde in einer Kneipe am Anfang der Seitenstraße. Dort konnte man jeden Tag sehen, wie er den Mittagstisch einnahm und sich dazu zwei Gläser Bier genehmigte.

Ein festes Ritual. Geredet hat er mit keinem der Gäste. Nur mit der Kellnerin tauschte er hin und wieder wenige Sätze aus. Mehr an Kommunikation konnte man nicht feststellen.

Der Sommer verging, und manche der Fahrgäste machten sich schon Gedanken, ob der „Alte" auch noch Herbst und Winter auf diesem harten Brett in diesem Wartehäuschen verbringen würde.

Weder die Engländer, Franzosen noch die Spanier betrachten solche Wartehäuschen als einen Ort, an dem man wartet. In diesen Ländern bezeichnet man sie einfach nur als Schutzhütte. Das Wort Wartehäuschen kennen sie überhaupt nicht. Wahrscheinlich werden wir Deutsche durch das Wort „Schutzhütte" doch zu sehr an Luftschutzbunker, Bomben und Krieg erinnert. Dann benennen wir so etwas doch besser als Wartehäuschen. Das Wort an sich hat immerhin eine wohnliche, fast behagliche Ausstrahlung.

Den ersten Herbst und Winter hatte der alte Mann, dick eingepackt in feste Winterkleidung, gut und ohne Krankheit überstanden. Das Frühjahr mit seinen Düften und der Blütenpracht war sein letztes.

Kurz nach Ostern brach er noch vor dem Mittagessen in der Kneipe zusammen. Mit dem Rettungswagen wurde er in die nächste Klinik gebracht. Er hatte hohes Fieber und Luftnot. Man stellte eine schwere beidseitige Lungenentzündung fest. Zudem sah man im Röntgenbild, dass er eine erhebliche Steinstaublunge hatte, die das Krankheitsbild massiv verschlechterte.

Er war Bergmann gewesen und hatte fast sein ganzes Leben unter Tage verbracht. Seit zwei Jahren war er vorzeitig „in Rente", wie er selbst sagte. Im vergangenen Jahr starb seine Frau bei einem Verkehrsunfall. Ihre einzige Tochter zog es vor fünf Jahren in die USA, wo sie mit ihrem Freund zweimal ein Geschäft eröffnete. Zweimal gingen sie pleite. Zweimal griffen die Eltern den beiden finanziell unter die Arme. Dann war auch ihr Gespartes weg.

Albrecht Heinrich Stoffel, der Hauer aus Gelsenkirchen, wurde gerade einmal 62 Jahre alt. Viele, die ihn gesehen hatten, wussten nichts von ihm. Die längste Zeit seines Lebens verbrachte er **unter** der Erde. Er freute sich darauf, im Ruhestand das Leben **auf** der Erde zu genießen. Für weite Reisen hatte er jetzt kein Geld mehr. Längere Spaziergänge konnte er aus gesundheitlichen Gründen nicht unternehmen. So fand er in dem Wartehäuschen eine gute Gelegenheit zu sehen, wie das wahre Leben auf der Erde aussieht. Wie sich ein Morgen, ein Mittag und ein Abend anfühlt. Wie Wetter sich ändert. Wie Leute ganz unterschiedliche Wege hatten. Er holte sich das Leben in sein Wartehäuschen.

Im Bergwerk waren immer nur dieselben Männer. Dieselbe Temperatur. Dasselbe Licht. Derselbe Gestank. Dieselben Geräusche. Es war eine andere Welt tief im Berg. War man zu Hause, schlief man nach spätestens 3 Stunden ein. Ein Leben auf der Erde war den Männern aus dem Berg fremd.

Als die Krankenschwester ihn fragte, warum er so lange Tag für Tag in solch einem schäbigen Unterstand gesessen habe- dies hatte sie von der Kellnerin erfahren, die als einzige Begleitperson mitgekommen war-, gab Albrecht Stoffel schwer atmend zur Antwort:

„Ich war in keinem Unterstand. Ich war in einem Wartehäuschen. Ich habe **gewartet**!"

„Worauf haben Sie denn gewartet?",

fragte die Schwester.

„Auf ihn! Auf die Erlösung!"

Dabei zeigte er auf ein Kruzifix an der Wand.

Kurz danach verstarb der Bergmann im Lungenversagen.

„Glück auf!",

schluchzte die Krankenschwester.

Ihr Vater war ebenfalls Bergmann.

Über den Autor

Hans Werner Karch geboren 1949 in Kirn/Nahe.

1969 Abitur am dortigen Gymnasium. Nach seiner Wehrdienstzeit studierte er von 1971 bis 1977 Medizin an der Universität Mainz. Nach dem Studium Tätigkeit in verschiedenen Kliniken. Von 1985 bis 2014 praktizierte er als niedergelassener Internist an seinem Geburtsort. Er befindet sich seither im Ruhestand und lebt mit seiner Frau und vielen Tieren auf dem Land in der Nordpfalz. Neben wissenschaftlichen Veröffentlichungen während seines Berufslebens schreibt Hans Werner Karch jetzt Romane, Erzählungen und Kurzgeschichten.

Bisher erschienen:

„Niemals eine Frage der Zeit"

Roman erschienen 2017

ISBN 9783743161641

„Sturmvogels Tod"

Kriminalroman erschienen 2017

ISBN 9783744815208

„Hannes der Mäuserich"

Ein Kinderbuch erschienen 2018

ISBN 9783752882926

„Deutsche Tage"

Historien Roman erschienen 2019

ISBN 9783748259596

Zeitfracht Medien GmbH
Ferdinand-Jühlke-Straße 7
99095 Erfurt, Deutschland
produktsicherheit@kolibri360.de